U0449087

白落梅 著
BAI LUO MEI

相思莫相负

静守宋词的清韵

北京联合出版公司

【目录】

前　言　一剪宋朝的时光

第一辑　明日落红应满径

那一场宋朝的梨花雨·003

谁人月下听梅开·007

落红满泾　相思满怀·011

满身花雨又归来·015

我亦多情　无奈酒阑时·019

一株梅花　寂寞开无主·023

第二辑　梦里不知身是客

看一段　消逝的汴京遗梦·031

我不是归人　是个过客·035

落梅如雪　拂了还满·039

六朝兴废事　尽入渔樵闲话·043

买花载酒　不似少年游·047

小舟从此逝　江海寄余生·051

1

第五辑 流光容易把人抛

锦瑟年华 该与谁度·115

闲门听雨锁流光·119

旧岁繁花 终不敌今春新绿·123

满目空山远 应惜眼前人·128

也曾年少 误了秦楼约·132

何处合成愁 离人心上秋·136

第六辑 任是无情也动人

相思一种 已廿年·143

艳冠群芳 任是无情也动人·147

一位淡泊隐士的爱情·151

镇相随 莫抛躲·155

恨君不似江楼月·159

一缕心思 织就九张机·163

第三辑 人生自是有情痴

春光无限好 故人已天涯·○五九
人生有情 无关风月·○六四
心字罗衣 弦上说相思·○六八
酒入愁肠 化作相思泪·○七二
我住长江头 君住长江尾·○七六
柔情似水 佳期如梦·○八○

第四辑 相思已是不曾闲

春愁满纸空盟誓·○八七
身在空门 仍恋凡尘烟火·○九一
颜色如花命如叶·○九五
茶蘼谢了 春还在·○九九
一种相思 两处闲愁·一○四
沈园 那场伤感的相逢·一○八

第七辑 歌尽桃花扇底风

并刀如水 纤手破新橙·一七一

且向花间留晚照·一七五

那人却在灯火阑珊处·一七九

知音少 弦断有谁听·一八三

让他一生 为你画眉·一八七

那年桃花 开得难舍难收·一九一

第八辑 人间有味是清欢

红尘易老 清欢难寻·一九七

这一生 不过烟波里·二〇一

不取封侯 独去作江边渔父·二〇五

茅檐低小 溪上青青草·二〇九

前言 一剪宋朝的时光

不知道这是第几个秋天了,窗外,兰草淡淡,就像清简的日子,像午后长廊里一缕微风。依稀记得宋朝有个女词人,在秋天,佐一杯记忆的酒,在窗下独饮。写下一段,人比黄花瘦的心事,托付给流年照料。

喜欢读简约的宋词,喜欢写安静的文字。如同喜欢将一杯茶,喝到无色、无味;喜欢将凝重的岁月,过到单薄、清新。其实往事早已苍绿,在时光的阡陌上,我们依旧可以邂逅一朵含露的花,一片水灵的叶,和一株青嫩的草。带着洁净的心,翻读一卷宋词,会发觉,每一阕词,都会说话;每一个字,都有情感;每一个作者,都有故事。

在深邃无涯的书海里,我们都是一叶漂浮的小舟,永远不知道此岸和彼岸的距离有多远。只是凭着一种感觉,寻一处适合自己的港湾,做着短暂的停泊。也许你和我,有一段缘分,才会相逢在今生的渡口,一起投宿在宋朝，某个不知名的客栈。从此，就可以将年华，以及年华长出的记忆，都安放在一册书里，安放在淡淡的徽宣上。多年以后，像观看一部古老的影片，依旧黑白分明，情节如初。

佛说，万物皆有情。在有情的岁月里，我们每个人，都可以做真实的自己。世俗给你我的，不过是一件或朴素、或华丽的羽衣，我们可以装扮得更加妖娆，也可以褪去所有的光环。做一个明心见性的人，以清醒自居，以淡然自持，这样才可以，更好地放下执念，让不舍得，成为舍得，让不快乐成为快乐；也让一无所有，成为所有。

我的前世，是佛前一朵青莲，因为没有耐住云台的寂寞，贪恋了一点儿凡尘的烟火。所以，才会有今生，这一场红尘的游历。于是，那些有性灵的物象，总是会如约而至。比如，一只鸟儿多情的目光，一朵花儿洁白的微笑，一首宋词婉约的韵脚。而我们，只须用这些纯净的爱，平凡的感动，打理简单的年华。

时光的纸笺，在秋天清凉地铺展深深浅浅的记忆，刻下的不是沧桑，而是落叶的静美。有人在路口守望，是为了等待，一个可以相随的身影，慰藉孤独的灵魂。文字原本就无言，那些被记录的足迹，像是命运埋下的伏笔，我们依旧用单纯的眼睛，企盼错过的可以重新珍惜。

其实这不是我孤单的心语。只要静下来，你就可以看到，宋词里，一个个字符在月光下安静地盛开。多么像一个深情的女子，想念一个还不懂得爱她的人。她却愿意傻傻地走进他的心底，在里面柔软地呼吸。在无处躲藏、不能回避的时候，他们相拥在一起。交换季节的杯盏，是为了今后那么漫长的岁月，不再相离。

将心种在宋词里，无须眼泪来浇灌，无须情感来喂养，在某一个春天的清晨，就可以看到那条落叶的山径，已经开满了清芬的花朵。我们把书捧在手心，幸福的气息，就这样盈怀。原来相思，可以这么的甜蜜。既然缘分让我们相聚在一起，不要再来来往往，让彼此擦肩，好吗？无论是，冷和暖，悲和喜，我们一起走未走完的路，过未过完的日子，好吗？

就这样，一起穿过千年前，幽深的长巷，叩开朱红的门扉，那锈蚀的铜环，分明还有温度。我知道，里面藏着一个朝代的梦想和性灵，尽管，你我不能抵达他们生活的深处，却可以看尘土飞扬，听草木呼吸。因为，我们用了足够多的真心。不曾奢望做归人，在来时的路上，我们采撷了一片白云，是为了让自己，可以轻盈地回去。

听夜莺婉转的歌唱，那美妙的声音，虽然有些淡淡的哀怨，但不会轻易诉说别离。坐在白月光下，翻开一卷宋词，耐心地教清风识字。斟一盏梅花酒，不舍得一饮而尽，让芬芳，缓慢地，从唇齿间滑过，再落入心底。如果你愿意，就陪我，一起安静地，将清宁的书简读完。

一切都很无意，我只是一个误入宋朝的女子，在散着墨香的词卷里，发出不知所以的感叹。搁笔之时，折一枝青梅，给平凡的你，给平凡的我。有一天，如果我们下落不明，只听它吐露一段简单的烟云旧事。

清秋时节，日子疏淡，自题一首《临江仙》，聊以为寄。

临江仙

淡淡秋风微雨过，流光瘦减繁华。
人生似水岂无涯。浮云吹作雪，世味煮成茶。
还忆经年唐宋事，心头一点朱砂。
相逢千里负烟霞。空山人去远，回首落梅花。

白落梅

第一辑 Chapter·01
明日落红应满径

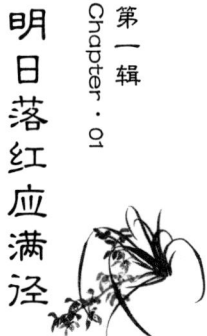

那一场宋朝的梨花雨

忆王孙·春词 李重元

萋萋芳草忆王孙,
柳外楼高空断魂。
杜宇声声不忍闻。
欲黄昏,雨打梨花深闭门。

应该是梅雨季节,不然窗外的雨,也不会这样一直落个不停。淌在江南古典的瓦檐上,落在爬满青藤的院墙上,还有那几树芭蕉,被雨水洗得清澈翠绿。微风拂过,茉莉淡淡的幽香沁人心骨。她在雨中,那样的洁白婉若寒露,仿佛靠近她,都是一种亵渎。这样的情境,忍不住想起了那句词"雨打梨花深闭门"。虽然春天已悄然而去,雨打梨花的画境只待来年春时才可观赏,可是那浓郁的诗韵,却是任何季节,都挥之不去的。

轻启窗扉,任细雨微风,拂在发梢、脸颊。窗台萦绕着淡淡的轻烟、淡淡的芬芳、淡淡的惆怅。这是生长闲情的江南,仿佛只要一阵微雨,就可以撩人情思;一片落花,就可以催人泪下;一个音符,就会长出相思。那么多的经年往事,会随着淅沥的雨,流淌而出。任你的心有多坚硬冷漠,终抵不过,这湿润的柔情。所以,才会有那么多的牵怀缠绕,那么多的愁绪难消。那个女子说:"欲黄昏,雨打梨花深闭门。"她也是等到黄昏日暮,才深闭门扉,然而,她关闭的只是院门、屋门,那重心门,又几时有过真正地关闭?半开半掩的门扉,只为等待有缘人来轻叩,而等待,仿佛成了生命的主题。

其实,最初结识这句诗,是在《红楼梦》里。那是宝玉和蒋玉菡、薛蟠,还有云儿一起喝酒时,悠悠地唱完一首《红豆曲》,接着吃了一片梨,说道:"雨打梨花深闭门。"那时候,只觉得一个女子卷帘,看着窗外纷落的梨花雨,思念的人还在天涯,没有归来。心中落寞,轻轻叹息,放下帘幕,掩上重门,悄然转身。然而,这场梨花雨,却在我心中,一直纷落,到如今,这般情怀依旧。直至后来,才知道,宋时有几位词人,都将这句"雨打梨花深闭门"写入词中。有人说,此句是先出自秦观的《鹧鸪天》,而后才是李重元的《忆王孙》。然而这些并不重要,我心里却钟情于《忆王孙》的那场梨花雨,从遥远的宋朝,落到了如今。

关于李重元,历史上的记载不多,可是他生平写的四首《忆王孙》,都被收录到《宋词》里。分为春、夏、秋、冬四季,每首词,都藏有一种美好的物象。春雨梨花,夏日荷花,秋月荻花,冬雪梅花。可是,被世人深记的唯有这首春词,那花瓣雨,就像是梦一样的轻,轻轻地落在心头,柔软而潮湿。这是一个情深的女子,在下着春雨的日子里,怀念远方的爱人。她思念的人,在天涯芳草外,纵是将高楼望断,也穿不过千里云层,看不见他归返的身影。只有依依杨柳,听她低语着相思的情肠。那位远行的男子,也许不是王孙,此刻或许身披征袍,在遥远的边塞。或许是个商人，为了生计，四海奔波。又或许为了功名，而远赴京城，追求宏伟的理想。又或许是其他，总之他远离家乡，让心爱的女子，为他日夜等候，相思成疾。

细雨依旧，那啼叫的杜鹃，没有衔来远方的消息，只是声声吟苦，让人不忍听闻。不知道，那背井离乡的男子，是否听到杜鹃的啼鸣，它低喊着：不如归去……不如归去……只是人生羁绊太多，如何才能轻易穿越红尘的藩篱，和喜欢的人长相厮守，不离不弃？也许正是因为离别，才会有这样刻骨的相思。古人说："小别胜新婚。"如果朝朝暮暮相处，怕是再浓郁的爱，也会消磨殆尽。到最后，只是一杯无味的白开水，品不出任何的味道。世间的事，就是如此，有一种爱，叫若即若离；有一杯茶，叫不浓不淡。可是这都是一个过程，拥有过才能疏离，品尝后才会清淡。若让一个沉陷在相思中的女子，转身离开，决绝忘记，是断然做不到的。

她做不到。做不到就是做不到，做不到的事不可勉强。想要将一个思念的人，从心中抽离，那样，心会有一种被剜去的虚空。与其空芜，莫如让相思填满，不留一点空虚。这样，尽管疼痛落寞，却好过无心。她等到了黄昏，窗外纷落着梨花雨，洁白的瓣，在烟雨中，让人神伤又心痛。卷帘深闭重门，只是相思不敢问。她掩门，不是不再等待，而是暮霭沉沉，她要对着红烛，一夜相思到天明。这样无奈地转身，不是无情，而是情深。

这场梨花雨，在她的心里，也不会停息。就像是一场梦，她沉醉在自己编织的梦里，只要梦被惊醒，一切又会回到最初。那时候，丢失了梦的她，再也找不回自己，甚至找不到她思念的人。其实这样自苦，这样情痴，不只是古时女子才有。当今时尚的女子，亦是如此，她们也许不会望断高楼，不会掩帘听雨，可是她们也会刻骨相思。从来相思，都是等同，无关年轮，无关地域，无关季节。所以，当我读到"雨打梨花深闭门"时，心里涌动着柔情，相信，还会有许多人，和我心境相同。

让我想起，当年的李重元，是否就是那位背井离乡的男子？他为了前程，离开了心爱的女子，让她独自看寂寞花开，看春去春来。也许，他有他的无奈，可是他是否知道，一个女子，把最好的年华交付给等待，以后，又会有多少岁月为她重来？是，没有人会在意这些，所有读了这首词的人，只会沉浸在那场梨花雨中，不能自拔。

多少人愿意从甜蜜的过程中，走出来，匆匆抵达冷落的结局？也许这个思念的过程，真的很痛苦，却也是一种甜蜜的痛苦。许多人，因了等待，从青丝到白头，也许，不会有太多圆满的结果。但为了一个人，真爱一生，也是一种幸福。

写到这儿，天色已近黄昏，只是窗外的雨，依旧在落。一声声，打在芭蕉上，胜过我千言万语。掩帘，和着那场宋时的梨花雨，深深地闭上重门。此后，任谁敲叩，也不开启。

谁人月下听梅开

暗香 姜夔

旧时月色，算几番照我，梅边吹笛？唤起玉人，不管清寒与攀摘。何逊而今渐老，都忘却，春风词笔。但怪得、竹外疏花，香冷入瑶席。

江国，正寂寂。叹寄与路遥，夜雪初积。翠尊易泣，红萼无言耿相忆。长记曾携手处，千树压、西湖寒碧。又片片吹尽也，几时见得？

我喜欢这首《暗香》，这首被誉为千古咏梅绝调的词。不仅是因为词中清雅绝俗、幽梦无边的意境，更缘于我对梅花的偏爱。我爱梅，爱她的冷韵冰洁，爱她的孤傲绝世。仿佛所有的记忆，都是从梅开始；仿佛所有的故事，都是因梅而起。而我，就是那个为梅而生的女子，从千年的时光水岸，移至深深庭院。梅枝依旧那般的遒劲沧桑，花瓣一如既往的洁净清雅。仿佛一切都没有改变，我无须假装去怀念过去，煞有介事地追悼自己。因为，梅花还在，我是梅花。

其实那首叫《梅花三弄》的曲子，经过千年的云水流转，早已更改了当初的韵律，只是无人知晓。或许每个人都明白，只是不忍心说出口，怕自己无意的话语，会拆穿那美丽的谎言。我们总把过错，归结于无知，以为掩饰了伤口，就可以维持从前的美好。却不知，人生就如那一树梅花，需要一路修修剪剪、开开落落，才更加尽善尽美。在清朗的月光下，不必山重水复去追寻什么，那朵梅花，已离了枝头，幽淡的暗香弥漫了整个天空。

为了一段心愿，我甘心为梅，在寒冷的季节轮回，没有半句怨言。姜夔也爱梅，并在冒雪访范成大于石湖时，写下了著名的《暗香》和《疏影》。张炎在《词源》中所说："诗之赋梅，唯林和靖一联（指"疏影横斜水清浅，暗香浮动月黄昏"）而已，世非无诗，无能与之齐驱耳。词之赋梅，唯姜白石《暗香》、《疏影》二曲，前无古人，后无来者，自立新意，真为绝唱。"他们都是借梅咏怀、即景抒情，将个人的飘零身世和荣辱盛衰寄寓于一枝寒梅，让梅花用她的空灵和素净，来掸去沉溺在心中的尘埃。

当我们的青春，一点点流逝的时候，就总是责怪时间无情，从不问，自己又付出多少感情给时间。其实，我们大可以和时间，冷眼相看，彼此不惊不扰。"旧时月色，算几番照我，梅边吹笛？唤起玉人，不管清寒与攀摘。何逊而今渐老，都忘却，春风词笔。"他想起了旧时明月，想起自己在月光下，梅边吹笛的影子。如烟往事涌上心头，笛声唤起佳人，和他一起攀折梅花，不顾雪中的清寒。而今年老得只能依靠回忆，来想念当年春风般的词笔。过往的柔情，如今的落寞，究竟是自己冷落了梅花，还是梅花冷落了自己？

"但怪得、竹外疏花，香冷入瑶席。"竹林外，疏落的梅花，将清冷的幽香，散入一场华丽的宴席。像他这年岁的人，本已淡漠花期，可是梅花的冷香，却将他趋于平静的心再次搅动。他想起了折梅的玉人，就算他还可以吹出当年的笛声，也唤不来玉人的倩影。当他在怨怪梅花多情时，却不知，自己的词，也搅乱了读者的心。一个文辞精妙的词人，就像一个法力高超的巫师，用他的巫术，先蛊惑自己，再蛊惑别人。这些中蛊的人，陷在幻境里，谁也不能轻松地走出来。

"江国，正寂寂。叹寄与路遥，夜雪初积。"此时的江南水乡，一片寂静，静得似乎听得到雪落在冰湖的簌簌声息，又在瞬间，化作一湖清澈的寒水。此时的姜白石只想折取一枝梅花，寄与佳人，告诉她相思的情意。可山长水远，积雪覆盖了大地，他找不到寻找她的路径。只能捧起酒杯，月下独酌，对着梅花，流下伤怀的泪。"红萼无言耿相忆"，词人和梅花相看无语，因为他们怀着同样的相思，就连寒梅，也忆起这对有情人，当年执手在雪中赏梅的情景。甚至生出了，一种渴望被采摘的心愿，它宁愿被他们折回寒窗下，插在青花瓶里，供他们高雅地观赏，也不愿悄绽在西湖边，和自己的影子成双。

还没来得及将心愿说出来，花期就这么短，那不惧霜雪的寒梅，却经不起一阵清风的吹拂。冷月下，片片花瓣随风凋零，漂浮在西湖的碧水中，美得灿烂、美得悲绝。姜夔看着顺水飘零的落花，觉得自己是这样的无能为力，无力推迟她的花期，无力挽住自己的年华，更无力将深沉的思念，传递给远方的佳人。他没有对梅花许下任何的誓言，看着纷飞的落梅，他甚至在问自己，自己究竟爱的是那个宛若梅花的女子，还是梅花。

我想起了梅妻鹤子的林和靖，他对梅花的痴爱，也许胜过了姜夔。又或者说，他的梅妻，也是借口，在他隐逸的内心深处，还有一段未了的情缘，曾经和一位宛若梅花的女子，许过一段梅花的诺言。但因了现实中无意的错过，让他们不能厮守，就如同姜夔，因为自己的落魄，给不了佳人一生的安稳，所以，宁可背负相思，漂泊四海。

不知道，这一次他所思念的女子，和"两处沉吟各自知"里所思念的女子，是否为同一个人。但我明白，无论是或不是，他都没有背叛。没有谁规定，一生只能爱一个人，一生只能犯一种错，在真情面前，我们都是弱者。所以无须为自己辩护什么，选择了爱，也就意味着，迷失了一半的自己。在纷落的雪花旁，相思总是叫他悄悄落泪，他告诉梅花，他是个上了年岁的人，仿佛这样，他有足够的资格，和梅花一起讲述悠悠往事。

他的一生，确实从来不曾安稳过，就连死后，入葬的钱也没有。是友人将他葬在钱塘马塍处，一副棺椁，一堆坟土，应该还有一树梅花。他做到了，宁可相思一生，也不负累红颜。这世间，爱梅之人，数不胜数。我和梅花的这段情结，也不知还能维系多久。试问，茫茫人海中，谁才是梅花真正的主人？

落红满径 相思满怀

天仙子　张先

水调数声持酒听,午醉醒来愁未醒。送春春去几时回?临晚镜,伤流景,往事后期空记省。

沙上并禽池上暝,云破月来花弄影。重重帘幕密遮灯,风不定,人初静,明日落红应满径。

"风不定,人初静,明日落红应满径。"每当吟咏起这句词,脑中都会浮现出那样一幅画,在烟雨江南,春深迟暮,微风拂过,满径的落红,美得让人神伤。沉醉在这样绝美的画境中,仿佛连惆怅都是诗意的。

我曾经用自制的书笺,临写过这阕词,清秀的小楷,纸端上仿佛铺满了落英。带着江南的温润、江南的柔美,以及那些悄悄更换的华年。就像《葬心》里的唱词,林花儿谢了,连心也埋了,他日春燕归来,身何在……尽管伤感,却似如血朱砂,惊心触目。

我总是会被一些微小的感动,不经意地打湿双眼。穿过词意,总想去寻觅那个填词之人,挥笔时的情景。甚至做过无数次的遐想,然而想得最多的,还是在朦胧的月色下,等待着明日晨起时,看窗外那满径的落红。那红,有一个名字,叫相思。

后来才知道,写词的人叫张先,北宋词人,词与柳永齐名,擅长小令,亦作慢词。其词含蓄工巧、情韵浓郁。曾几何时，我读这首《天仙子》，总以为词作者，应该是个失意孤独的老者。一个人，一壶老酒，在春深的午后独饮，酩酊时睡去，醒来已近黄昏，闲愁却不曾消减，依旧萦绕在心头。他无助地看着春光流逝，却没把握，春光几时能回。临着镜子，看两鬓又添几许华发，伤叹，似水流年，从来不肯为谁有片刻的停留。只余下，历历往事，让人空自怀想。

夜幕悠悠来临，他见沙汀上，水禽成双并眠，而他，想必是孤独的。本该有月，却云满夜空，好在风起，云开月出，就连花也被拂动，在月光下映衬出婆娑的倩影。而这一句"云破月来花弄影"，到后来成了千古传诵的名句。他自举平生得意之三词：云破月来花弄影（语出《天仙子》），娇柔懒起，帘幕卷花影（语出《归朝欢》），柔柳摇摇，坠轻絮无影（语出《剪牡丹》），故又被后世称为"张三影"。可我却偏生喜欢结句"明日落红应满径"，仿佛所有的情怀，与春天所有的美丽，都将在满径的落英上找到生命的主题。

历史上说，张先写的词，题材大多为男欢女爱、相思离别，或反映封建士大夫的闲适生活。他的词，也许不大气厚重，却清新婉约、生动凝练。他一生虽不是平步青云，却也没有经历多少的起落。中了进士，当了官，平稳度日，安享富贵，诗酒风流。《石林诗话》记载他，能诗及乐府，至老不衰。

好友苏轼赠诗："诗人老去莺莺在，公子归来燕燕忙。"这也是他的生活写照，一个风流才子，身边又怎么会缺少红颜佳丽。据说张先在八十岁时还娶了一个十八岁的女子为妾，他们之间是否会有爱情，真的是不得而知了。而苏轼又为此事赋诗一首："十八新娘八十郎，苍苍白发对红妆。鸳鸯被里成双夜，一树梨花压海棠。"

一树梨花压海棠，原来是出自于此，着实让我惊讶。所以说，诗词只能表达当时的心境，未必是生活的全部。许多人，都会有莫名低落的时候，纵然在万千的繁华中，还时常会感到一种难以名状的落寞。尤其是文人，骨子里流淌着柔情与伤感，见花垂泪，望月悲怀。而这一切，似乎只为了交换一种无言的意境。

岁月流去无痕，年华却掷地有声。张先写这首词的时候，五十二岁，盛年已过，已到了知天命的年岁。一个人，在任何时候，都无法卜算自己的命运，也参不透宿命的玄机。这时的他，伤春叹流年，却不知自己的寿命有八十九岁。他说水禽成双，感叹自己孤独，却不知，自己在八十岁，还有小妾相陪。事实上，五十岁之龄的张先，仕途坦荡，身边肯定是妻妾成群，又何来形单影只。

他的寂寞，是心，是春日闲愁难消，是浊酒难尽余欢。也许他太热闹，被美人环绕，欢乐之后，反觉得寂寞蚀骨。想一个人在暮春的别院，借酒浇愁，独自回忆过往，春光已渐行渐远。也许他真的是孤独了，和某个相爱的女子，有了感伤的别离。又或许他太累了，想要短暂地歇息，待醒后，依旧打马江南，诗书风流。

人生的缘分，就像是一盏茶，瞬间就由暖转凉，由浓到淡，亦可以一饮而尽。再来回味，只有萦绕在嘴里的淡淡余香，低诉那段缘起的从前。所以，张先的心情，我能理解。那么多的妻妾，自是有无数的聚合。无论多么相爱，也不能永远偕老。就像是春辰，多少人都希望在此间徜徉，留住姹紫嫣红的美好。以为这样，年华也会忘记更换，让相爱的人，可以携手，不用分离。

可是，总会有一种单纯的绿意，取代花的颜色。那些人面桃花初相逢，被封存在记忆的书中，在无事时，闲翻几页，闻着淡淡的墨香，细细咀嚼，又是另一番滋味。如果说花开是一种温暖的幸福，那么花落应该是一种惆怅的感动。既知春去，会有春回，又何必执著于虚妄的等待。既知流年逝去，不能往返，又何必只抓住往事那一小段残缺的影子，而辜负以后那一大段美好的时光。人和人之间，习惯了隔着一段距离相看，到最后，成了陌路，也不会有太多的伤感。

窗外的雨，一直在下，我读张先的词，闻到他壶中老酒浓郁的芳香。那是他用落英酿制的美酒，饮下去，便拥有了整个春天。其实春天早已远去，可我却相信，明日落红应满径……

满身花雨又归来

南歌子　田为

梦怕愁时断,春从醉里回。凄凉怀抱向谁开?些子清明时候被莺催。

柳外都成絮,栏边半是苔。多情帘燕独徘徊,依旧满身花雨又归来。

偶然间,不知在哪里看到这么一句话:读喜欢的书,爱喜欢的人。就是如此简洁,就像是午后闲窗下,刚刚绣好的幽兰,几片叶,三两朵花,甚至连颜色都没有。又像是伏在桌案上,打了个盹儿,做了一帘清梦,梦里的情景是什么,一点模糊的印象都没留下。

读宋词总是会这样,读到喜欢的句子,就像是做了一场梦,梦里你可以四季更替,日月颠倒。可以全然不必在乎,你身处何方,春秋几度,是荣是辱。因为,书中的锦句名词,会让你翩然入境,时而在江南落了满身的花雨,时而又在塞外看过一场硝烟。此时看到篱院春花,彼时又见楼台秋月。词中之意,句中之意,作者所处的自然环境,以及作者的思想情感,这一切,所延伸出来的,令人心动的美丽。像是一场碧水无涯的痴情相遇,震撼滋润着在尘世中渐次苍白的灵魂。

邂逅这首《南歌子》就如同邂逅一场温润的春雨,没有一见惊心的

相思莫相负

触动,却有一种前世已相识的缠绵,还有一种恍惚如醉的清新。不知是谁在低吟:在花间盛一坛春雨,且好生收藏着,待到佳人归来,一起剪烛煮茗。对,就是这般感觉,读这首词,就像是开启一坛经年的春雨,在闲窗下,挑烛烹煮一壶纯净的绿意。添了些相思的花瓣,放了点青春的梦想和时光的芬芳,调和在一起,便成了让我们舍弃不下的味道。

你我是看客,被带入这样的场景里。像是一场戏,演员已经更换了戏服,隐没在茫茫夜色里,而我们,还伫立在台下,思索着戏中的情节,为什么能这样打动心肠。别人轻巧地退出,自己却开始描上浓墨重彩,披了戏子的装扮,导演着未了的结局。这就是文字,带着某种无法言喻的魅力,与参透不了的玄机。

写这首《南歌子》的词人叫田为,一个在宋朝词坛上,并不风流、并不出众的人物。在星罗棋布的宋时天空,又有多少人,可以光芒万丈到让群星失灿?能够在万星丛中,出类拔萃的人,寥寥无几。许多人,遵循着星相的排列,做自己独立的那颗星子,也许光芒微弱,却依旧可以照亮行人的路。喜欢一首词,不需要知道词人的背景,就像喜欢一个人,不需要任何的缘由。

历史上是这么记载田为的。田为,生卒年不详。字不伐,籍里无考。善琵琶,通音律。政和末,充大晟府典乐。宣和元年(1119年)罢典乐,为乐令。《全宋词》存词六首,有《芊呕集》。田为才思与万俟咏抗行,词善写人意中事,杂以俗言俚语,曲尽要妙。尝出含三个词牌的联语"玉蝴蝶恋花心动",天下无能对者。多么简洁的一生,就像他的词,因为稀少,更让人珍惜。

"梦怕愁时断,春从醉里回。"他每日昏昏求醉,忘记了年光几何,因害怕梦醒了,愁也随之醒来。可春光,却还是在醉梦里,悄悄地回来。他睁开眼的时候,看到的是阳春三月,烟景无限。茫然间,发出感叹:"凄凉怀抱向谁开?"可见他心中的孤独寥落,明媚的春光,品到的却是凄凉的况味。心中的话语,无法倾诉,亦找不到那个可以倾诉的人。时过境迁,我们真的不知道,田为究竟为了哪个红颜,如此愁闷难解,为了谁,如此醉生梦死。但我们知道,有一个女子,占据了他宽阔如海、狭窄似井的心灵。我们所能看到的,也只是一个男子,被命定的机缘左右,束手无策的时候,只求一醉不醒。

如此心境,才会看到大好春光,却意兴阑珊,无心踏青赏春。"些子清明时候被莺催。"这里的"些子",是唐宋的俗语,少许、一点点的意思。在此处,是形容清明时节春光的短暂,仿佛品完壶中酒,做一场南柯梦,春光就没了。枝头上,婉转的黄莺,并非在为春天低唱欢歌,却似在催春老去。这醉里醒来,所邂逅的春光,不曾抹去心头愁绪,反而似梦幻泡影,如此匆忙,离去时,连一个回眸也没有抛下。

最喜这句"柳外都成絮,栏边半是苔"。自然清新,又古朴沉静。飘飞的柳絮,似在和春天做无言的告别。而栏杆边,苍绿的苔藓,在告诉我们,这儿有一段被搁浅的光阴。词人一直沉浸在杯盏中,已经许久不曾凭栏远眺了，因为远方太远，他想念的人，也许永远不会回来。

只有"多情帘燕独徘徊，依旧满身花雨又归来"。燕子多情，不忘旧时主人，带着满身的花雨，归来。然而它在帘外飞旋，静静地徘徊，是因为看不到主人当年的欢颜，而心中迟疑吗？它觉察到，主人身边的红颜已不知踪影，燕儿也知人心思，也懂物是人非的凄凉。此时的他，希望披着满身落花归来的，是他日夜思念的人儿。可人却不如燕儿，燕儿还会思归，而人，却真的一去不复返。当年，他们在春天的渡口挥手，是诀别。

窗外，落英缤纷，他看到的是沧桑和残酷。生命中所有的相遇，都是过客和过客的交替，就算当初不错过，死生之后，终究也还是要失去。人生最悲哀的，莫过于得而复失，与其知道将来注定要失去，莫如将一生，交付与思念。

如若没有那样的诀别，也不会有这样刻骨的相思和遗憾，也不会有这么一首词的存在。是一个叫田为的词人，将那场花雨，和那个如梦似幻的女子，一起写入词中。我们自始至终，不知道她的模样，不知道她在哪里，只依稀看到一个女子，袅袅婷婷的背影，朝迷蒙的烟雾中走去，直到彻底消失的那一瞬，都没有回头。

我亦多情 无奈酒阑时

虞美人　叶梦得

> 雨后同幹誉、才卿置酒来禽花下作。
>
> 落花已作风前舞,又送黄昏雨。晓来庭院半残红,唯有游丝,千丈袅晴空。
> 殷勤花下同携手,更尽杯中酒。美人不用敛蛾眉,我亦多情,无奈酒阑时。

　　与一首纯音乐偶然邂逅,其实以前依稀在哪里听过,可还是忘记了。后来有人告诉我,曲子叫《乱红》。于是,心中仿佛看到一场人间花事,落幕时的情景。在细雨微风的黄昏,有落花纷纷飞舞,舞得绚烂安静、舞得凉薄难当。待曲子结束,日常风静,以为是一场美丽的意外,拂不去的,依旧是眉间落花。翻开词卷,我看到落花,原来被岁月覆盖在,禅寂的昨天。

　　"落花已作风前舞,又送黄昏雨。"这场落花,纷飞在叶梦得一首叫《虞美人》的词中。似乎这首词,就离不开嫣然的花事。词牌名虞美人,本身就是一种花木,而词人写此词,也是和友人置酒于海棠花下。在落红轻飞的庭院里,交杯换盏,应该是别样风流。"雨后同幹誉、才卿置酒来禽花下作。"这里的来禽,在南方称花红,北方称沙果。但我更喜欢另一名称,就是海棠,这名字有一种妩媚的风情,在清淡的日月里,仿佛和每个人,都有一场旖旎之约。

叶梦得的词婉约清丽，没有多少浓情愁怨，放达中见清逸，明澈中含隽永。他的词，就像他波澜不惊的人生，住红尘无多纷扰，处官场无多沉浮，到晚年干脆隐居山林，自号石林居士，每日以读书吟咏为乐，瓶梅清风，诗酒人生。有记载说他"晚岁落其华而实之，能于简淡时出雄杰，合处不减靖节、东坡之妙"。可见他的词自有一种清旷之意韵，到后来是铅华去尽，清风不惊。然而他在词坛的成就，亦同他的词一样，从容端然、风云疏淡。

一壶青梅酒，在时光里酝酿，记忆就似这坛封存的老酒，不轻易开启，一旦开启，就要尽情畅饮。就在这乱红飞过的日子，叶梦得邀约好友，到庭院聚饮。"晓来庭院半残红"清晨起来，看到庭院里落红满地，想起昨日乱红飞舞，送走了黄昏的风雨，此时，若游丝般在风中轻轻飘荡。看到残红满院，本是让人伤神，触人愁思。然词人添了一句"唯有游丝千丈衮晴空"，顿时天空明净，一缕和暖的阳光，洒在晶莹的花瓣上，有一种动人心弦的清澈。而整个词调，也得到了升华，一扫乱红纷飞的怅然。

整个庭院，有一种被水洗过的洁净。趁落红还未扫去，在淡淡的日光下，叶梦得殷勤携两个友人坐于石凳，数碟小菜、几样糕点、一壶佳酿，饮尽杯中往事。此时的叶梦得，或许已经隐居湖州卞山石林谷了，所以才会有如此闲逸的生活。素日里读书写字，烹炉煮茶，偶有诗客来访，就饮酒推杯，闲话人生。"更尽杯中酒"隐透出一种豪情与旷达，仿佛看到几位诗客，宽衣大袖，道骨仙风，过着似闲云野鹤的生活。王维在《送元二使安西》中也写过"劝君更尽一杯酒",欧阳修的《朝中措》中所写"挥毫万字,一饮千钟",所表达的都是一种酒中求醉的人生,只想了却人间万事,看漫漫河山,在杯中消瘦。

纵是如此旷达洒脱,却也没有彻底看淡聚散。结句"美人不用敛蛾眉,我亦多情,无奈酒阑时"写得婉转深刻,曲折耐读。看过花开花落,云聚云散,又经历过人生,无数次的离合悲欢。也曾年少求取过功名,在朝当过官,可谓一生荣辱皆尝过。只因看淡世事,才会有如今的闲隐,却依旧会为寻常的离散,而伤神。仿佛这就是生命中,无法避免的定数,只要身居红尘,无论是隐逸深山,遁迹白云,都会被俗事俗情所羁绊。将一个小石子,投入平静心湖,还是会荡起微微的波澜,而这波澜,在岑寂的风景里,难道不是一种难言的美丽?

美人看到酒意阑珊,聚会的人,行将离散,甚觉留恋,便眉头不展。古代达官、名士饮酒,身旁多有侍女劝酒助兴,增添情致。叶梦得虽然隐居,但身边依然不乏美人。隐士中,梅妻鹤子的,或许只有林和靖。相信竹林七贤闲隐山林,应当也有侍女相陪,为他们抚琴侑觞,轻歌曼舞。而南山上的陶渊明,也有老妻相伴,为他抱薪烧饭,洗手羹汤。本以为淡了心性,当词人看到美人蹙眉,也受其感染,禁不住也有了惜别之情。看着散去的宴席,感慨人生聚散无常,不知道,下一次举杯对饮,又会在何时。

都说人的情绪,是一种传染病,当你不能感染一个人,就必定要被其所感染。叶梦得如同闲云的悠然心境,一时间,无法感染身边的侍女。但侍女的愁思，反而感染了他，酒阑人散，引起留恋、惜别，也算是人之常情。"我亦多情，无奈酒阑时"，结句是词人真性情的流露，令这阕词，更添婉转，耐人寻味。

以《虞美人》为词牌，让人印象最为深刻的，应当是南唐后主的那一阕。表达一个落魄帝王思怀故国，那似江水般滔滔不尽的愁怨。同样的词牌，填出的却是完全不同的意境。每个人的生命历程不同，后主的词之所以伤神，是因为他悲剧的人生，注定用血泪研墨，最后以悲剧的方式死去。叶梦得与后主相比，一生平淡，没有留下多少传奇，就连死，也是平静的。这世间，无法掌控的就是命运，无论命运给了怎样的安排，我们的一生，就只需交付给生老病死。因为有一天，所有的一切，都会沉入时光的江底，无声无息。

乱红飞舞，满地的落英，有一种无从收拾的纷芜，又有一种淡然遗世的安静。喜欢叶梦得的这阕词，是因为，他没有在觥筹交错的记忆酒杯中，将自己彻底地灌醉。过度清醒，会让人觉得薄凉冷漠；过度沉醉，又会让人感到肤浅迷离。所以，完美的人生，当是留一半清醒，留一半醉意。

一株梅花 寂寞开无主

卜算子·咏梅 陆游

> 驿外断桥边，寂寞开无主。已是黄昏独自愁，更著风和雨。
> 无意苦争春，一任群芳妒。零落成泥碾作尘，只有香如故。

每个人的前世都是一株植物，或者说今生总有一株植物和自己结缘。"采菊东篱下，悠然见南山"的陶渊明，似南山的秋菊，孤标傲世。还有"出淤泥而不染，濯清涟而不妖"的周敦颐，若风中的莲花，素洁淡雅。而陆游则以梅花自喻，他是"驿外断桥边"的寒梅，清幽绝俗。仿佛寻找一种，适合表达自己性灵和情怀的植物，才不会被尘世的茫茫风烟所隐没。

陆游自喻为梅，但不是长在显赫门庭的梅，不是开在名园别院的梅，而是生长在荒野驿外的寒梅，孤独地经历着岁月更迭、四季轮回。开了又落，落了又开，无人欣赏，备受冷落。那么多人打身边匆匆走过，从来没有谁，肯为它驻足。纵算是被它怒放的花枝和冷艳的幽香吸引，也只是随意折取一枝，也许寄与故人，也许回去装点花瓶，也许顺手就丢在了路边。而梅花依旧是驿外边的梅花，依旧开得寂寞、开得无主。

陆游借冷落梅花，写出自身在官场备受排挤的遭遇。陆游一生的政治生涯极为坎坷，早年赴临安应试进士，取得第一，为秦桧所嫉，竟被除名；孝宗时又为龙大渊、曾觌一群小人所排挤；在四川王炎幕府时要经略中原，又见扼于统治集团，不得遂其志；晚年赞成韩侂胄北伐，韩侂胄失败后被诬陷。仕途的浮沉，让这位失意英雄，感叹自身就像这一树野外的寒梅，有一种四顾茫然的落寞。同时也表达他似梅花这般不慕繁华，傲世高洁的品格。性格孤高的陆游，决不会争宠邀媚，曲意逢迎，只坚贞自守这份崚崚傲骨。他宁可做一朵开在驿外断桥边的野梅，也不做生长在高墙深院的梅花，被凡尘束缚，失了雅洁和灵逸。

词的上阕写野外的寒梅，寂寞开无主，孑然一身，没有人为她留驻，她也无须为人牵怀。"已是黄昏独自愁，更著风和雨。"多少个寂寥黄昏，她独自忍受愁苦，更有无情风雨，偏偏这时来袭，让她陷入寒冷的困境。但她不畏严寒，在凄风苦雨中，傲然绽放，誓与红尘抗争到底。在这里，一个"愁"字，将梅花的神韵渲染，仿佛让我们看到，那素洁的花蕾上，萦绕着如烟的轻愁。"更著"二字，加重了环境的艰苦，但梅花坚定的意志，没有被风雨粉碎，依旧在冷峻中傲放，铮铮铁骨，令人敬畏。读到此，禁不住想问，这就是陆游在官场所处的环境吗？他如同一枝高洁的梅花，不为浮名，有着敢与权势抵抗的傲气。

这枝寒梅，"无意苦争春，一任群芳妒。"春天本是万紫千红的季节，百花争妍，蜂飞蝶舞，在气候的锣鼓声中，你方唱罢我登场。唯独梅花，无意争春，凌寒先发，只将春来报。她就是这样，敢于在雪中怒放，玉骨冰肌，令百花失颜。然而梅花本无意相争，而惹得百花相妒，妒她鲜妍的朵、妒她清瘦的骨、妒她幽冷的香。梅花却无心计较这些，她一如既往，在属于自己的季节绽放，开落随缘，与人无尤。不解悲喜的草木都如此，更况是碌碌尘寰中的人世。陆游卓然的傲骨，难免被那些苟且偷安的小人妒忌，然而他似冷傲的梅花，洁身自好，处浊世，依旧洁净如初。其实红尘，就是一口污浊的染缸，任何人在里面，都不可能做到彻底的洁净，但心存淡定，自是红尘如泥，亦可以独自清醒。

是的，"零落成泥碾作尘，只有香如故。"花开花落自有时，无论寒梅如何在雪中傲放，但也要遵循自然的规律。她行将凋零的时候，又被狂风骤雨摧残，就这样纷纷飘落，碾作尘土。纵算化作尘泥，那冷香幽韵，也依旧如故。这就是梅花的命运，她不怕寂寞无主，不惧风雨相欺，不屑百花妒忌，就连碾作尘泥，也要做最骄傲的自己。这也是陆游的命运，他不屈现实的威逼，寂寞而洁净地活着。

他这一生，写下了近万首诗词，其中大部分，都以爱国为主，所以被称作爱国诗人。风格雄奇奔放、沉郁悲壮，在思想和艺术上取得卓越成就，有着遮掩不住的万丈光芒，故此生前有"小李白"之称。他在晚年虽然退隐江湖，做了几十载闲逸的陆放翁，但他的爱国之情不减当年。在他死前，曾作《示儿》一绝："死去元知万事空，但悲不见九州同。王师北定中原日，家祭无忘告乃翁。"一片赤诚之心，犹如梅花，至死不渝。

这一生，还有一段刻骨铭心的爱情，是陆游到死都没能放下的。他和表妹唐婉有过一段倾心之恋，却被其母狠心拆散，造成了两个人一生的悲剧。本没有做出什么惊世骇俗的事，只错在太过恩爱、太过情深，情深不寿，强极则辱，他们就为这莫名的缘由，劳燕分飞。多年后的沈园重逢，让彼此，更深切地思念前缘旧梦，让陆游写下千古绝唱《钗头凤》。

果真是情深不寿，归去后唐婉不久就忧郁而死，留下陆游怅叹一生、追忆一生。在唐婉逝去四十年的时候，陆游重游故园，挥笔和泪作《沈园》诗：

（其一）

城上斜阳画角哀，

沈园非复旧池台。

伤心桥下春波绿，

曾是惊鸿照影来。

（其二）

梦断香消四十年，

沈园柳老不吹绵。

此身行作稽山土，

犹吊遗踪一泫然！

到八十一岁时,这位孤独的老人,还梦回沈园,写下:"城南小陌又逢春,只见梅花不见人。"直到离世前一年,陆游再度重游沈园,怀念唐婉,此情至死,感人肺腑。

陆游以梅花自喻,然而城南小陌的那株梅花,难道不是他情系一生的唐婉吗?她心如日月、情比金坚,似一朵高洁的白梅,为情而落。这朵白梅,就落在陆游的心里,从此,不再寂寞开无主,不再黄昏独自愁。就这样,为了一段承诺,他活到白发苍苍,只为,守护那株清冷、冰洁的梅花。

第二辑
Chapter · 02

梦里不知身是客

看一段 消逝的汴京遗梦

燕山亭·北行见杏花 赵佶

裁减冰绡，轻叠数重，冷淡胭脂匀注。新样靓妆，艳溢香融，羞杀蕊珠宫女。易得凋零，更多少无情风雨。愁苦。问院落凄凉，几番春暮。

凭寄离恨重重，这双燕，何曾会人言语。天遥地远，万水千山，知他故宫何处。怎不思量，除梦里有时曾去。无据。和梦也，新来不做。

只读这一句"和梦也，新来不做"真的有种不可言喻的悲伤。不，应该是，绝望。一个落魄帝王，哀入骨髓的绝望。他说，原以为，远离故国，千里关山，至少还可以在梦里重见。可是近来，连梦也不做了，哪怕是一个易碎的梦，也伸手抓不住它的影子。

他没有帝王的霸气和谋略，没有帝王的风云和胆识。他是个书画家，写瘦金体、画花鸟，才华斐然。这样的风流天子，没有铮铮铁骨，只有风花雪月。就如同南唐后主李煜，注定会是山河破碎，沦为阶下囚。历史会有许多的巧合，斗转星移，那些如烟往事，总会在不经意的时候，掠过每个人的心头。

赵佶，宋徽宗。在位二十五年，国亡被俘受折磨而死，终年五十四岁。短短几行字，却将一个帝王悲剧的一生，轻巧地从开始写到结局。这首《燕山亭》就是宋徽宗被掳往北方五国城的途中写下的。那时候的他，身为俘虏，心力交瘁，忽见烂漫杏花，开满山头。无限春光，大好河山，也只为得意者而敞开。对于一个失意的帝王，再美的风景，于他都形同虚设。

所以，他想到的是无情风雨，只需一夜，就可以将这些繁花摧残。春来春去，不过是，多添了一段离合的无奈。就如同他，从盛极的君王，到衰败的俘虏，也不过刹那光景。春尽还会有春回，而他此一去，万里蓬山，寒星冷月，又怎么还会有归期？

宋徽宗，确实不是一个好皇帝。他即位后，荒淫奢侈，苛捐杂税，搜刮民脂民膏，大兴修建宫殿园林，很快就把国库挥霍一空。他太霸道了，他爱奇花异石，就派人在苏杭一带，不择手段地搜刮民间财物。他太荒唐了，尊信道教，便大建宫观，自称教主道君，请道士看相算命，将自己的生辰也轻易改掉。他太嚣张了，只为他的生肖属狗，便下令禁止汴京城内屠狗。

这样的一个帝王，惹得农民起义、金兵南侵，不是偶然，而是必然。他害怕了，下令取消花石纲，下《罪己诏》，承认自己的过错。可是此时想要挽回民心，已是太迟。更何况，他的挽回，只是被迫无奈，权宜之计。他能够真心改过吗？不能，生性如此，他不适合做一个帝王，只能做一个纨绔子弟。

丢失了权杖，摘下了王冠，缴没了玉玺，他不再是帝王。不再有呼风唤雨的资本，不再有挥霍奢侈的权力。他和他的皇子，被贬为庶人，连同他的臣子和嫔妃，都成了俘虏。汴京皇宫里所有的珍宝、礼器、藏书等被洗劫一空，他的帝王之梦，从这一天，彻底地破碎了。也许，只有在危难之际，才可以，将世情看透。他的词句，句句情真，悲凉中见清醒。是因为，他的生活，已经远离风月。从此后，命运的枷锁，会将他紧紧束缚，他的人生，自己再也做不了主。

他的爱妃王婉容，被金将强行索去，受尽凌辱。曾经说好了地老天荒、不离不弃，转瞬间，彼此都下落不明，谁也不再是谁穿越生死的牵挂。他仅有的一点尊严，被一路践踏，累累伤痕，连痛的地方，都找不到。他唯一能做的，就只有怀想，因为，他始终放不下那些繁华的过往。尽管，他无力去抓住那些消逝的时光。"这双燕，何曾会人言语。"他怪燕子不解人语，不能托它捎去重重叠叠的离愁别恨。他叹："天遥地远，万水千山，知他故宫何处。"他那富丽堂皇的宫殿，到如今，只能在梦里时而相见。他只想捧着这个梦，支撑着过完以后那漫长的岁月。可近来几日，真的是连梦也不做了。那般流淌的思绪，已在绝望中渐渐干涸。人生，就像是一盏摇曳的油灯，油尽灯灭，一丝光芒也不会再有。明明灭灭的烟火，只给那些还心存希望的人。

他说了，和梦也新来不做。他沉醉一生，只有这一刻，最为清醒。短短几行词句，诉尽衷肠，没有繁复，无须诠释，一切已经了然入心。多少人，看到他的词句，或者会对他此般遭遇，生出感叹。对他以往的过错，有了些许的宽恕。然而，历史是给不了任何人回归的机会，在淙淙的时光面前，不会有原谅的理由，也没有重来的借口。

丢失了梦，他只剩下一具行尸，去了金国都城。任由他们摆布、侮辱，经历着流放、迁徙、关押、囚禁等折磨。在无数个风雨飘摇的夜晚，一盏孤灯延续着没有灵魂的生命。"家山回首三千里，目断山南无雁飞。"他人生的风景里，连一只大雁也看不到了。

他死了，死在五国城，结束了九年的囚禁生涯。一生荣辱，一世浮沉，成了过眼云烟。只是谁也不知道，他的魂魄，是否可以回归故国。可以在那儿，做一次深深的忏悔，又或者，静静地回味一场汴京遗梦。许多人，都说宋徽宗误国，可谁又知道，究竟是他误了国，还是国误了他。倘若他不是帝王，这段北宋历史，又会有新的安排。而他的宿命，也可以重新更改。人生不可以量体裁衣，处处尽善尽美，倘若你不能适应它的尺寸，就注定，是残缺。赵佶，接受了一场不合时宜的托付，一个国家的托付，太重了。可他不曾意识到，他只接受了尊荣华贵，搁下了万民苍生。

生命似一场灿烂的杏花红，春去春回，梦醉梦醒，不要问归路，不要问前因。我们可以做的，只是在散淡的日子里，寻觅一些过往遗落的影踪。

我不是归人 是个过客

浪淘沙 李煜

帘外雨潺潺。春意阑珊。罗衾不耐五更寒。梦里不知身是客,一晌贪欢。

独自莫凭栏。无限江山。别时容易见时难。流水落花春去也,天上人间。

其实,我知道,梦里不知身是客,这里的客,真的和那个过客无关。可是我却总是会无由地想起郑愁予的那首《错误》,那首凡尘男女都熟悉的《错误》。

> 我打江南走过,那等在季节里的容颜如莲花的开落。
> 东风不来,三月的柳絮不飞。
> 你的心如小小的寂寞的城,恰若青石的街道向晚。
> 跫音不响,三月的春帷不揭。
> 你的心是小小的窗扉紧掩。
> 我达达的马蹄是美丽的错误,我不是归人,是个过客。

这是一个打马江南的过客,他错过的,是一段美丽的相逢,是一段今生的莲事。也许是因为南唐后主本就是个多情之人，所以想到他，总会与这些潮湿的情感相关。纵然他思念的是那破碎的河山，感叹的是客居异国的愁苦，而我，却总能碰触他心底深处的柔情。因为，那层湿润的感伤，从来都没有晾干过。

读宋词的人，不会有人不知道南唐后主李煜，他被称为"词中之帝"。他虽为南唐后主，但是后半生的生涯却是在宋朝度过。并且他的词，后半生深得其味，那段沧海桑田的经历，改变了他一生的命运，也注定了他的词会走向不可一世的风华。都说人生有得必有失，有失复有得，可是任何一种交换，都要付出代价。南唐后主之所以这般为世人铭记，不仅是因为他是亡国之君，最让人刻骨的，还是他的词。他的词，像是一把柔韧的利剑，剑锋可以轻易穿透你的胸膛，却难以快速地拔出。那种韧性，似藤，扎进心里，还会攀爬，直至最后，紧紧地将你包裹。你只能看着它流血、看着它疼，却无可奈何。

历史上有许多亡国之君，但是可以让人这样温柔地记住，唯独南唐后主。这些记住他的人，没有过多地指责他误国误民，断送江山。但是短短的几个字，就知道他真的不是一个好皇帝，"性骄侈，好声色，又喜浮图，为高谈，不恤政事"。他的性情，注定他做不了一个贤君，只能做一个风流词客，在诗酒音律中，才可以逍遥度岁，形骸无我。可是他生在帝王家，命运安排他接过权杖，坐上了高高的宝座。这样一个柔弱的君主，他没有气吞河山的霸气，不能横扫古今天下，不能驰骋万里云天，所以才成就了宋太祖逐鹿中原、碧血黄沙的故事。明知不可为而为之，其结果，必定会是梦断尘埃的叹息。从他君临天下的那一刻起，他就在开始导演他悲剧的人生，所有华丽的过程，都是为了那场落寞的结局。

结局来得太快，从坐拥江山的帝王到一无所有的阶下囚，只消刹那光阴。这一次，他是真的痛了，亡国之恨，切肤之痛。也许他痛心的不是他的帝王宝座，不是他天下子民。因为他本就没有一颗帝王之心，而天下子民，换去这个皇帝，或许会更丰衣足食。他痛心，从宫廷享乐的瑰丽生活，一下子步入以泪洗面的软禁生涯。是，囚禁后宋太祖也给了他一个头衔——违命侯。可事实，他不及一个平凡的百姓。他从帝王成了俘虏，对于一个风流不羁的才子，最重要的莫过于自由。他说过："雕栏玉砌今犹在，只是朱颜改。"沧桑变迁，人事更改，他拥有的只是破碎的记忆，能做的，是一次次将疼痛的碎片，拼凑起来。所谓破镜难圆，任由他多努力，也无法回到最初。

他的词，从开始的风格绮丽，到后来的泣血绝唱，也是因为江山的更替而改变。所以有了那首千古绝唱《虞美人》，有了这首梦里不知身是客的《浪淘沙》。还有许多许多，让人看了一眼，便无法忘怀的词句。他就是这样从一个俘虏，成为"词帝"。帘外雨声潺潺，春意阑珊，他枕雨而眠，入了梦境。梦里让他暂时忘记了俘虏的身份，只想贪恋那片刻的欢愉，可是好梦由来易醒，那阵阵春寒惊醒了他的梦。原来，梦里梦外，竟是这样的天渊之别，他深切地感怀自己的人生境况。醒来独自凭栏，看无限江山，风云万里，于他，不过是一粒粉尘。一切都是落花流水，春去春还会回，可是他人生的春天已经一去不复返了。

因为痛入骨髓，才会用情真挚，写出意境深远的悲凉之词。故国不堪回首，他能看到的，只是江山的影子、寂寞的影子。他的词，醒透深刻，可是他真的觉醒了吗？如果时光倒流，他是否会励精图治，打理江山，重新俯瞰众生？不，他不会，他没有帝王的霸气和谋略，没有高瞻远瞩的襟怀，没有披荆斩棘的魄力。一切都是命定的，他的才情，离不开雪月风花，就算从头来过，他还是亡国之君，是后主。为了这个"千古词帝"，他付出了一生的代价，丢了万里江山，他唯一仅有的，就只有文字。以文字为食，以文字疗伤，与文字相依为命，也是文字，使他至死不渝。

他还有梦，并且只有在梦里，还会以为自己是帝王，在梦里君临天下，在梦里诗酒欢娱。就这样一次次被春寒惊醒，一次次将栏杆拍遍，却再也触摸不到故国的温度。他迷失在别人的宫殿里，可是，历史却没有抛弃这个没落皇帝，给他画下了深刻的一笔，可是世人却只记得，他是一个词客，一个用江山换来千古绝响的词客。他的王冠上写着耻辱，文学史册里却给他戴上美丽的光环。从古至今，探寻他一生故事的人，太多了。而我，只是其中的一个，微不足道的一个。

梦里不知身是客，可是梦还是醒了，春天远去，天上人间，才是他最终的归宿。

落梅如雪 拂了还满

清平乐 李煜

别来春半，触目柔肠断。砌下落梅如雪乱，拂了一身还满。

雁来音信无凭，路遥归梦难成。离恨恰如春草，更行更远还生。

刚过了梅雨之季，已是仲夏，池中的莲，在月光下徐徐地舒展。随意翻开一册线装的宋词，却读到这么一句：砌下落梅如雪乱。顿时，心中拂过一丝淡淡的清凉，似晶莹的雪花落在澄澈的碧湖中，缓慢地消融。佛家说："心即是境，境亦是心，心净则国土净。"任由世间尘埃飞扬，却无法沾染那颗明净的心。所以，在这仲夏时节，还可以品味出一份清凉，就是心的境界。

读一首词，就是在读词人的心，读他的人生际遇、悲喜心情。而不同心境的人，读出的词，亦会有不同的感慨。都说知音难觅，好词好曲喜欢的人无数，可是深知其味者，则少之又少。我读《清平乐》，不求成为后主的知音，更不会去猜测与他有过某段缘分，只是读了，入了一种情境。这首词，也是李煜成为俘虏之后写的，一位亡国之君痛失山河的悲绝，被春愁离恨消磨，已是衣带渐宽，憔悴不已。

相思莫相负

在我心里,更觉得这首词,是在怀人,怀念那个令他倾付所有情感的女子。历史上,不仅记载了这位南唐后主是如何丢失江山,如何沦为俘虏,也记载他的词风,从艳丽到悲凉的转变,还记载了他一段刻骨铭心的爱恋。李煜的生命中,有一位红颜知己,周后。也许,他成为亡国之君,是因为他懦弱的个性,以及宿命的安排。但是周后却影响了他一生的情感,将他的词作推向人生的顶峰。历史,总是愿意给多情皇帝添上璀璨的一笔。仿佛一个情深的皇帝,就算是昏庸无道,荒废朝政,也可以谅解。

因为那些绝世而独立的佳人,本来就可以倾国倾城。都说红颜祸水,其实祸水并不是红颜,而是那些爱上红颜的人。只是世间那些把持不住情欲的男子,喜欢把责任推卸到一个柔弱女子的身上,似乎只要这样,他们就没有过错。南唐后主一生深爱的女子,周后,名娥皇。她是红颜,但不是祸水。文史记载,她比后主大一岁,是个多情而贤惠的女子。她精通书史,善音律,尤工琵琶,常弹后主词调,为他舞霓裳羽衣。对于后主来说,这样一个女子,是上苍赐予他的仙子。后宫粉黛三千,知己独一人矣。那些佳丽,容貌固然美丽,有才情者亦不少,可是能够深入他灵魂的人,只有周后。

只有周后得到这位多情皇帝的专宠,因为周后是他缘定一生的知己。他的词,只有她能读懂,并将他的词谱成音律,用情感唱出。所以李煜前半生为她写了许多深宫香艳之词,儿女柔情,风流韵事,都记载于词中。也许,这是后主一生最快乐的日子,鸳鸯共枕,罗带同心。可是再美的爱情,也抵不过虚无的光阴，抵不过生死的离别。周后病了，正是风华正茂时，却一病不起。后主与她朝夕相陪，为她衣不解带，如此挚情，也挽留不住她的生命。她就像一枚落叶，在赶往秋天的路上，匆忙而悲绝地消亡。

周后的死，令后主悲痛不已，他的词风，也是在这时开始有了转变。从香艳旖旎，到感伤悲切，一切皆因情起。是周后开启了后主的灵思，让他无意做了"词中之帝"，虽为亡国之君，却被后世推崇到诸多帝王之上。周后死了，后主又娶了周后之妹小周后，但我明白，有些爱，是不能取代的。他和小周后情感的开始，并不意味他与周后情感的结束。因为，他带着对周后的思念，一起去了汴京，做了宋太祖的俘虏。无限往事，不堪回首，可也是这段不堪回首的往事，陪着他，度完那段痛苦的软禁生涯。

多少次，午夜梦回，他都会惊醒，醒来后，眼角还流着伤情的泪。那不敢碰触的春愁，就像影子，追随着他左右。落梅似雪纷乱，撒在发梢、衣襟，才拂过，又沾满。曾经那么语笑嫣然，在枝头飘逸，却终还是摆脱不了零落成泥的命运。就像他的香草美人，他的周后，香消玉殒，只留下一座孤冢，在遥远的故国。曾经权倾天下的帝王，如今想要折一枝鲜花插在她的碑前，取一杯薄酒浇在她的坟上，都做不到。

燕子来时，音信无凭，山水迢遥，归梦难成。那满怀的离恨，就像是春草，在寂寞的荒原，没有边际地疯长。每日每夜，他都让自己沉浸在对故国、对故人的思念里，因为只有这样，才可以减轻一个俘虏的屈辱，缓解内心的疼痛。他被软禁在汴京的时候，失去了一切自由，他深爱的小周后，多次被宋太祖强行留于宫中，这样的耻辱，似万箭穿心。他唯有将所有的愁闷，写进词中，唯有更加地怀念，当年与周后的恩爱情深。

他渴望死亡，又惧怕死亡，因为死亡是一种解脱，死亡也意味着遗忘。他从来都是懦弱的，懦弱地统领天下，懦弱地画地为牢，懦弱地爱，懦弱地恨。就是这样懦弱了一生的男人，写下了那么多让人铭记一生的词。春来春去，残梦惊醒，他离死亡，只有一步之遥。而这一步，是他亲自断送的。

他写了"小楼昨夜又东风，故国不堪回首月明中。雕栏玉砌应犹在，只是朱颜改"之后，就被宋太宗用一种叫牵机药的毒药赐死，缘由是他对故国之思没有丝毫的掩饰，虽是俘虏，仍做他的帝王梦。此心不容，唯有死，才可以了断他的一切。说是酒后服药，但他仍旧死得很痛苦，全身抽搐，死后的姿态是头部和足部相接。一代帝王，连死，也这样的没有尊严。

落梅如雪，拂了还满。这一生，就像冷傲的寒梅，曾经栖在高高的枝头，一片冰洁，风骨傲然。最后，零落成泥，无声无息。

六朝兴废事 尽入渔樵闲话

离亭燕 张昇

一带江山如画,风物向秋潇洒。水浸碧天何处断?霁色冷光相射。蓼屿荻花洲,掩映竹篱茅舍。

云际客帆高挂,烟外酒旗低亚。多少六朝兴废事,尽入渔樵闲话。怅望倚层楼,寒日无言西下。

　　时光是一条河,你总是记得它,它却不记得你。时光也是一缕烟,你以为存在的时候,其实已经消失了。多少朝代更迭,多少风云人物,已随着千年流淌的时光,退出历史舞台。到如今,风烟俱静,江湖已改,山河依旧,纸上情怀。那些脱下征袍的老者,每日携一壶老酒,在溪边垂钓白云。那些倚着柴门的女子,早已将芳菲看尽。那些登楼赏月的词客,不知道走进谁的梦中。六朝古都曾经很远,离我们千年;六朝古都原来很近,台上与台下的距离。

　　烟云日月,粉黛春秋,低眉翻开书卷,以为消逝的历史该是薄凉难当,却还有余温从指边滑过。苍绿的时光,寂静的古墨,还有那泛黄,并且散着淡淡霉味的书纸,仿佛都在提醒我们,回不去了。曾经被风吹日晒六朝兴废事,以为积满岁月的尘土,会沧桑得不忍目睹。却不想,经过流光的删减、自然的冲洗,反倒简单干净起来。于是那些被茧束缚的人,抽丝而出，用年轮的刀片，削去斑驳的伤痂，在阳光下渐渐地温软。这就是时光的魅力，它翻手为云，覆手为雨，它的流转有着某种不定向的规律，倘若我们把握不住，与它南辕北辙，就永远不可能走到一起。

第一次读这首词，一见倾心的是这个词牌——《离亭燕》。脑中顿时浮现出一幅图景，燕子离开了它曾经在长亭筑梦的暖巢，飞向了浩淼无际的天边。从此，万里层山，千山暮雪，它是否可以找到同伴，共建家园？还是一生漂浪，孤独终老？这些，都是我一相情愿的想法，像是痴人说梦，听过作罢。《离亭燕》又名《离亭宴》，《张子野词补遗》有"离亭别宴"之语，因取以为调名。忽然觉得，读宋词，似乎先要把词牌读懂，词牌就仿佛是词的故乡，那些句子，就可以在这里安家落户，酿造情感，耕耘故事。

张昇，南宋初人，他经历宋由盛到衰的时代，此词为张昇退居期间所作。大中祥符八年（1015年）进士，官至御史中丞、参知政事兼枢密使，以太子太师致仕。熙宁十年（1077年）卒，年八十六，谥康节。以前不喜欢阅读以这种方式介绍古人的文字，而今却觉得这简单中藏着大美。无须深刻的语言，无须细腻的表达，短短几行字，就看到作者一生的因果。是非成败、兴衰荣辱，也不过是简短的刹那，来不及欢喜，也来不及疼痛，就恍眼而过，散入烟云了。

词的上片，写的是金陵一带的如画山水，萧萧风物，熠熠秋华。登高远望，看浩瀚的长江水奔流至遥远的方向，天水相连，仿佛没有尽头。万里晴空呈现澄澈之色，潋滟江波闪烁清冷的光。这份明净，会让你走出思想狭隘的空间，忘记浮华与苍凉，只想在浊世里做一个清白的人、一个淡然的人。人与自然相比，永远都是那般渺小，那般微不足道。大自然变幻无穷，顷刻间，更替着奇妙的意境。我们就是江岸的一颗沙粒，阳光经过时，也许还会发光，也许这一生，都被淹没在黑暗里。你看，江州上，蓼屿荻花也像历经了沧桑的老者，在秋风里，流淌着几许深沉的世味。密集的蓼荻丛中，隐现了竹篱茅舍，就这样在明净无尘的画境里，看到了烟火，看到了人家。

极目处，客船的帆在云中高挂，它们从此岸抵达另一个彼岸，不知道，下一个收留它们的港湾，又会是哪里？酒家的旗在风中低垂，金陵城的百姓，聚在一起，泛酒黄花，馔供紫蟹。看着眼前的一切，金陵的陈年旧事涌上词人心头。"多少六朝兴废事"，只是短短三百年，这座城就经历了六个朝代的兴盛和衰亡，多少英雄人物，多少纷纭故事，到如今，却是"尽入渔樵闲话"。几百年的风云变幻，就这样落入渔樵朴素的闲话里，淡得几乎没有痕迹。大江东去，一切荣辱成败，都化作一壶记忆的酒，蘸着烟霞，饮下。

登高只觉广寒，倚楼不免惆怅。回望历史，探看未来，又思索现在。看到一轮红日无言西下，就像是当今的朝廷，由盛转衰，明月还在多遥远的地方？词人虽然已经退居官场，如今凭高舒啸，临水赋词，看江渚上雪浪云涛，沙汀畔蓼屿荻花。心中闲雅旷达，以为早已忘记庸庸尘事，却还是有些许的放不下，有些许不合时宜的悲凉。

相思莫相负

046

每当读这首词，都会忍不住吟诵《三国》卷首里的那阕《临江仙》：

滚滚长江东逝水，浪花淘尽英雄。是非成败转头空。青山依旧在，几度夕阳红。白发渔樵江渚上，惯看秋月春风。一壶浊酒喜相逢。古今多少事，都付笑谈中。

这首词，苍凉而淡定，读后让人感悟到江山永恒，人生短暂的深意。多少英雄，都随着江水，消逝得不见影踪。是非成败，就如同那滚滚浪涛，来时汹涌澎湃，去时了然无痕，多少的争夺，转头都成空。不老青山，看日复一日的夕阳沉落，看尽炎凉世态。白发渔樵，是退隐江湖的高士，他们早已看惯了秋月春风，以知己相逢为乐事。那些古今纷扰的故事，也都成了喝酒时的闲话笑谈，像秋日里，经霜的黄花，清淡得不足为道了。

一段苍凉的箫音，牵引出毛阿敏唱的那首《历史的天空》："黯淡了刀光剑影，远去了鼓角争鸣……兴亡谁人定啊，盛衰岂无凭啊……聚散皆是缘哪，离合总关情啊……长江有意化作泪，长江有情起歌声……"歌声多情而悲凉，仿佛要将历史的天空清洗得干干净净。曾经有位朋友告诉我，只有毛阿敏才可以唱出这种味道，一种人世的况味、历史的况味。

是雨打归舟的时候了，过往刀剑如梦，在无弦琴上弹一曲流水清音。饮一壶黄花酒，醉倒在枫林中，白云为被，块石枕头。死生无虑，有甚可忧。绿水青山，我心常宁。

买花载酒 不似少年游

唐多令 刘过

安远楼小集,侑觞歌板之姬黄其姓者,乞词于龙洲道人,为赋此《唐多令》。同柳阜之、刘去非、石民瞻、周嘉仲、陈孟参、孟容。时八月五日也。

芦叶满汀洲,寒沙带浅流。二十年重过南楼。柳下系船犹未稳,能几日,又中秋。

黄鹤断矶头,故人曾到否?旧江山浑是新愁。欲买桂花同载酒,终不似,少年游。

忙里偷闲之际,总会萌生一种莫名的冲动,背上简单的行囊,一个人徒步,去那些自己向往的角落。一路上,采几片云彩,挽几缕炊烟,拾几瓣心情,听几则故事。尽管,我羡慕"白日放歌须纵酒,青春作伴好还乡"的惬意放达,但我更向往一种安静的旅程。不需要同伴,不需要对话,悠闲地看山水,淡然地观世情。我敬佩那些经历无数沧桑磨砺,目光却依旧安详、淡定的人。敬佩那些,在世人艳羡的权贵下,做到宠辱不惊的人。

在烟尘飞扬的路径上,我们都是这世间疲于奔命的人,来自天南地北,带着各自的追求和使命,以匆忙和缓慢的姿态,行走。看尽红尘陌上花,在黑暗里绽放,在光明中凋谢。就像是一段旅程的开始,一段旅程的结束,一样寻常。一个人在天涯的时候,总是会想起那么一句诗:"欲买桂花同载酒,终不似,少年游。"买花载酒,诗意而风情,而且是秋天独有的清凉，三秋桂子，禅意地开在遥远的枝头。曾经为了如同一剪清月的桂子，宁愿隔阂别的季节，企盼流光快速更替。似乎秋天是一个让人安静的季节，让人舍弃一切诱惑，让自己遗落在某个叫霜降或寒露的节气里，因为喜欢这种凉。

这首《唐多令》是一个叫刘过的词人，登武昌安远楼时所写。刘过，一个好言古论今、喜读书论兵、少怀志节却屡试不第的文人。终身布衣，漫游江南一带，以诗文会友江湖，与辛弃疾、陈亮、陆游等人交往甚密，写下许多感慨国事、豪放悲壮的诗词。一个怀才不遇、一生不为帝王所用的寒士，他的诗词，他的感叹，不免会有一种难言的惆怅和苦闷。

在偏安的南宋王朝，似乎始终没有刘过的立身之处。然而不是因为他缺乏政治谋略和才华，奉献不出辞赋，陈述不了良策，而是因为帝王不赏识他，没有机遇，所以得不到重用。他用忧郁的目光和激昂的文字，丈量着一寸一寸的土地，却终究只是天涯倦客。一匹瘦马驮着形容憔悴的他，行走在秋风古道，老尽英雄，剑钝锋冷。

这是刘过重游故地的忆旧之作，二十年前，他曾在安远楼和朋友名士聚会，把酒畅谈人生，品评政治。二十年后重游此地，感慨今昔，此时的刘过已是垂暮之身，又逢朝廷乱局，看着浩淼江河，想自己一生怀才不遇，更是辛酸无比。"芦叶满汀洲，寒沙带浅流。二十年重过南楼。"开篇之句，就给这首词上了一层淡淡水墨的底色，笼罩了整幅画面，将思想意境定格。他居高临下，看汀洲残芦、浅流如带，这萧索的景象，让他想起，二十年前，离家赴试，在安远楼度过一段青春狂放的生活。二十年后，重返故地，拾起昨日的记忆，却拾不起流去的时光。以身许国的刘过却"四举无成，十年不调"，仍然一袭布衣。

然而，这一次，他依然是以一个过客的身份登楼。"柳下系船犹未稳，能几日，又中秋。"不过是暂时的歇脚，船还没放稳，也许就要起程。风流时序，也这般催人，不几日，又是一年中秋。当年崔颢登武汉黄鹤楼，写下"黄鹤一去不复返，白云千载空悠悠"的感叹。悠悠千古，多少人，带着不同的情感，登楼追溯过往，探看未来。烟水苍茫，这空寂的楼阁，除了有过相聚和离别，能记住的，又有些什么？白云还在，唯黄鹤一去不返，似那无情的光阴。二十年前，如云烟过隙，二十年后，依旧只是来去匆匆。

"黄鹤断矶头，故人曾到否？"他登此楼，并不仅是追寻远去的黄鹤，不只是怀想故人，也不为悲秋，叹老。而是想登高看看壮丽的河山，如今又是如何被战争的阴影笼罩。"浑是新愁"让人感到巨大的愁苦，似有旧愁未拂尽，又被新愁，层层包裹，并且愁闷已经到了"浑是"的程度，没有任何舒展的空间。他空有壮志，却报国无门，面对这日渐沉落的江山，他无能为力。

在无能为力的时候，只能买上几坛桂花酒，消解郁积在心头的愁闷。"欲买桂花同载酒，终不似，少年游。"只是，国仇家恨，世事沧桑，又岂是三两盏清酒，可以冲淡得去？而这番登楼，也再也回不到，年少时的疏狂，无复当年的乐趣。就连酒中，也掺杂了太多沉重的世味，又怎么还能闻到年少的青涩气息？

读过这首词，就像在秋天品尝了一壶桂花酒，有萧索的凉意，亦有沉郁的馨香。刘过的这首《唐多令》，蕴藉含蓄，耐人咀嚼。他的词，不会拘泥于狭窄的思想情感、个人的病愁悲苦。刘熙载所说："刘改之词，狂逸之中自饶俊致，虽沉着不及稼轩，足以自成一家。"宋子虚誉为"天下奇男子，平生以气义撼当世"。所以，刘过这首秋日吟唱、忧国伤时之作，要高于宋玉《九辩》单纯的寒士悲秋之感。他站在楼阁高处，看到南宋王朝，河山日下，不胜寒凉，悲痛不已。这首词，别具一格的风味，也在他深沉的思想中，呈现出来。

无论多么沉重悲愤的历史，都已散作成烟。也许我们无须记住那已经远隔千年的王朝，以及那个王朝所历经的风云和没落。无须记住刘过写这首《唐多令》时，忧国悲怀的情绪，只须记住买花载酒时的洒脱和闲逸。那么做个在尘世中轻松的行者，漫游各地，一壶酒，一剪风，不必快意恩仇，只是安静行走。直到有一天，停下脚步，立于秋天的路口，看一树桂花，在清月下，静静开落。

小舟从此逝 江海寄余生

临江仙 苏轼

夜饮东坡醒复醉,归来仿佛三更。家童鼻息已雷鸣。敲门都不应,倚杖听江声。
长恨此身非我有,何时忘却营营?夜阑风静縠纹平。小舟从此逝,江海寄余生。

  曾经有一段时间,我总会不由自主地念出这句诗:"长恨此身非我有。"那时候的我,年华初好,没有多少优雅的风韵,却似一朵初绽的莲,洁白纯一。总喜欢,斜躺在竹椅上,捧一本宋词,不读,只隔帘听雨。或是临着轩窗,看一轮皎洁的明月,不相思,只和它共修菩提。可我总会陷进一种莫名的情绪里,觉得自己在纷芜的红尘中丢了躯壳,所拥有的,只是灵魂,好在那是最洁净的。

  到后来,我看到一幅图,是一朵凋谢的莲花,那花瓣落在莲叶上,有一种凉薄的美。一直以来,我觉得莲花是有佛性禅心的,它应该比别的花,都灵逸静美。所以我以它的口吻写了一句话:我本是灵山仙客,又为何,尝尽那人间烟火。写完之后,久久不能释怀,所谓一字惊心,这句话,又何曾不是在暗喻自己。我虽没有莲的洁净无尘,可内心却也是清澈如水,红尘万千,太多的时候,总是身不

○五二 相思莫相负

由己。年少之时,并不是如东坡先生这般,为名利所缚,忘不了人间富贵和权势。但也会有太多无端的纠缠,让身心无法相依,看尽纷繁,不得解脱。

如今,不过是隔了几度春秋,曾经那段心情,却已成为永远也回不去的岁月。我再读这句词,会附带上后面的一句,何时忘却营营?难道我已被烟火流年沾染了尘埃?学会了随波逐流,怀有一颗功利之心?不,我不愿承认,却又无法彻底地推脱。在这五味杂陈的世间,已经没有谁,可以真正地做到清白。要做一个两袖清风、心无杂念、没有欲求的人,太难。在现实面前,我们都是那样的脆弱不堪、那样的无能为力。

让我难忘的,是越剧版的《红楼梦》电视剧里的片尾曲。

红雨消残花外劫,黄粱熟透韶华尽。
空念着镜里恩情,梦中功名,却不知大厦一朝倾。
算人世荣华多几时,何时忘却营营?
倚风长啸,阑干拍遍,叹尘寰中消长谁定。
把沧桑话尽,留一江春水共潮起潮平。

一句"何时忘却营营",仿佛要将贾府里的黑暗争夺抖落无遗,只因忘不了功名利禄。偌大的贾府,形形色色的人,没有谁,不恨此身非我有，更有许多人，机关算尽，为了纸上功名、花间富贵，丢失了自己。仿佛在这庸碌的俗尘，任何一种方式活着，都辛酸而无奈。冰清玉洁的黛玉和妙玉，不为浮名，不为攀贵，可终究还是被凡尘所累。

东坡先生写下这首词，也是心中被名利束缚，他一生虽性情放达豪迈，却历尽宦海浮沉，似乎从来没有过真正地放下、真正地解脱。历史上关于东坡的轶闻趣事不胜枚举，诗词、书画、政治、美食、禅佛，他被赞誉为中国艺术史上罕见的全才。作为唐宋八大家之一，豪放派词人的代表，对后世影响极深。喜欢苏轼的词，豪放却不奔腾，缥缈却不虚无，婉转却不悲凄。每一次读到惊心动魄，读到魂梦飘摇，读到深情悲恸，可到最后，都会归于淡定从容。他说，长恨此身非我有；他说，何事长向别时圆；他说，十年生死两茫茫；他也说，人间有味是清欢。是的，无论这个过程是如何地挥笔泼墨，但是掩卷时，墨迹已干，曾经那颗炽热的心，也归于平静。鲜衣怒马和风烟俱净，只隔了一剪光阴。

这一夜，东坡饮酒，醉后睡下，醒来又举杯，直到酩酊大醉。他所居住的城，叫黄州，在这里，他度过了五年的谪贬生涯。一位从高处跌落低谷的人，心境自然是痛苦沉抑，不得舒展。但东坡先生是一个豁达明朗之人，他不会让自己在失意中消沉，他的内心深处，始终有一种不以世事萦怀的恬淡。所以当他醉后归家，夜深敲门，家童酣睡不醒。他

〇五四 相思莫相负

并不气恼,而是沐着明月清风,转身拄杖临江,听闻涛声。寂夜临着江岸,无论你醉得有多深,此刻都会被凉风吹醒。历史的烟尘,沉于江底,多少次涛声拍岸,是为了提醒那些被世人遗忘的故事。只有理性的智者,才可以在江中,打捞出千年过往。繁华匆匆,恍如一梦,岁月风流云散,又还能打捞到些什么?

明月霜天,好风如水,醉后的清醒,更加明澈。看着夜幕下的江涛,层层波澜,由急至缓,内心有一种被洗彻的洁净。他思索人生,留下感叹:长恨此身非我有,何时忘却营营?回首这么多年,置身官场,浮沉几度,漂泊不定,天涯客居,身不由己的时候太多,而这一切,都是放不下人间功贵,被外物牵绊,做不到任性逍遥。夜阑风静,恰如他此刻的清醒,平静的江面,清晰地照见了心灵,让他看到真实的自己。这时候,他可以直面人生,不需要做任何的掩饰,不需要凭借往事,来一场疲惫的宿醉。

他羡慕范蠡,功名身退,抱着美人,泛舟五湖。他亦幻想着,可以撑一叶小舟,顺流而下,远离尘嚣,在江海中度尽余生。这样遁世,不是一种消极和逃避,而是从容地放下。徜徉于历史河道,与其在百舸千帆中争渡,不如乘一叶扁舟漂流。然而,范蠡做到了,苏轼却没有做到。东坡居士的一生并未真正退隐江湖,也没有归居田园,他被命运牵绊,一世流离。纵是才高笑王侯,也没有一处港湾,让他系舟停靠。

庙堂江湖,天上人间,他最终的归宿,还是自己的内心。世间万象，云海苍茫，却抵不过一个人心灵的辽阔。心即是江海，心即是江湖，归隐于心，换取真正的清凉。叹息一声，想起了电影《笑傲江湖之东方不败》，令狐冲一心只想埋剑深山，退隐江湖，可世事弄人，经历一番腥风血雨之后，他才漂流江海，天涯远去。他在东方不败面前念了一首诗："天下风云出我辈，一入江湖岁月催。皇土霸业谈笑中，不胜人生一场醉。"影片的结局，东方不败坠崖时，看令狐冲的眼神，冷傲又多情，凄楚又决绝，那种灿若云霞的美，令人惊心。

云烟散去，相忘江湖。走到最后，只有一种心境，小舟从此逝，江海寄余生。

第三辑
Chapter · 03

人生自是有情痴

春光无限好 故人已天涯

蝶恋花　苏轼

花褪残红青杏小。燕子飞时,绿水人家绕。枝上柳绵吹又少,天涯何处无芳草!

墙里秋千墙外道。墙外行人,墙里佳人笑。笑渐不闻声渐悄,多情却被无情恼。

盛夏时节,春光早已逝去,连一丝踪影也觅不见。可是连绵的青草,却没有过尽人间芳菲,铺撒在天涯各处,郁郁葱葱。每当我读这首《蝶恋花》,脑中都会浮现出一幅清新动人的画,一位妙龄少女,豆蔻年华,居住于江南古典庭院,在紫藤的秋千架上摇荡。飘逸的长发、曼妙的容颜、流水的身段,在风中荡漾,白衣似雪,摇曳翩跹。她清脆的笑声,透过墙院,让墙外的行人,多情地止步,几乎忘记自己是个过客。甚至想要轻叩门扉,窥探院内的春光,和那倾城的佳人。

江南有柳,掩映满城的绿,青瓦黛墙的庭院内,草木茵茵。一泊小小的湖,湖心漂着细碎的浮萍,还有伶仃的初荷。紫藤花下,一架秋千,迎风飘荡,安逸而恬淡。绝代有佳人,幽居在庭院,这院门似乎终年落锁,墙上爬满绿藤,积累了经年的时光。她豆蔻年华,醉人风姿,无须轻妆,只是天然。她每日摇荡在秋千架上,风情而潇洒,全然听不见墙外熙熙攘攘的人流。她总是独自轻笑，却不知，那笑声已将墙外人惊扰。她累时，在亭内铺一张清香的草席，躺在上面，看风中飘扬的帐幔，为她独舞。她不知，她虽不见任何生人，她的芳魂却越过墙院，迷醉了赶路的行人。那些自作多情的过客，被她的无情所伤，心在隐隐地生疼。

写惯了豪迈豁达之词的苏轼，也常有清丽婉约之作，这一首《蝶恋花》写得生动婉转，意趣盎然，有一种遮挡不住的活力和生趣。"花杏残红青杏小"，他起句伤春惜春，可刹那就超脱这景象，笔锋一转，让人看到燕子飞舞，绿水人家绕。柳絮迎风飘飞，欲觉留春不住，一句"天涯何处无芳草"让画面跳跃，仿佛眼前铺展了一片没有尽头的绿意。这就是东坡先生词风的魅力之处，姹紫嫣红的春光在赶往夏天的路上死亡，他没有一直感伤，而是用积极的心态接受季节更替，看到更加苍翠的风景。

绿水人家，高墙之内，有荡秋千的佳人，发出愉悦的笑声。那笑声，似黄鹂鸣叫，婉转清脆，让墙外的行人，不由自主地停下脚步。可是只闻笑声，却觅不到佳人的芳踪。一堵院墙，挡住了所有的视线，可是却挡不住佳人的青春美丽。心灵的眼睛可以穿越院墙，看到佳人绝色的容颜，和她在秋千架上轻盈翩跹的姿态。可当他为这生动的情景而痴醉不已时，墙内的笑声却已经听不到了。佳人就这样抛洒欢笑之声，飘然而去。那秋千，在风中空空摇荡，而墙外的行人，空自多情。

墙外的行人，很想上前轻叩门扉，但终究没有勇气，害怕自己会唐突佳人，打扰她的宁静。因为她根本就不知道，自己清朗的笑声，已经犯下了不可饶恕的错。她的错，就是她的笑声，充斥着行人的想象，她是那么的美若天仙，婀娜多姿。她将行人倾倒，让他忘记他只是一个平凡的过客。任何的多情，都是自寻烦恼。因为墙内的佳人，根本就不知道她已无端地将人惊扰。纵算知道，想必她也只是浅淡一笑，不以为然，冷冷地拂袖转身，甚至连背影都不留下。

每当读这首词，我就会想起那几个影响苏轼一生的女人。他的结发之妻王弗，容貌美丽、知书达理，夫妻二人情深意笃，恩爱有加。可是在一起生活了十一年，王弗病逝，苏轼悲痛万分。他在埋葬王弗的山头，亲手种植了许多松树以寄哀思。更让人深刻的是，十年后，他为亡妻写的那首千古第一悼亡词《江城子》。只一句"十年生死两茫茫"就催人泪下，让人看到一个满面尘霜的老者，在梦里与爱妻相逢，却握不到彼此的手。这首词，情真意切，在以后的朝代里被广为流传，让人无法相忘。

他的第二个妻子王闰之，是王弗的堂妹，小他十一岁，生性温柔，崇拜他的才学。是这位女子陪伴苏轼度过了人生最重要的二十五年，漫长的二十五年，陪他一路风雨兼程，甘苦与共。因为就在这二十五年里，苏轼历经乌台诗案、黄州贬谪等许多次宦海沉浮，可谓沧海桑田，尝尽风霜。而他们就是这样相互携手，不离不弃度过了二十五年，她还为他生儿育女。可二十五年后，王闰之又先苏轼而去，让他再一次痛断肝肠。他为她写祭文，说"唯有同穴"。苏轼死后，苏辙将其与王闰之合葬，实现了祭文中"唯有同穴"的愿望。

然而，还有一个女子，她的名字，烙刻在我记忆深处。王朝云，苏轼的侍妾，他的红颜知己。苏轼困顿之时，许多的侍妾纷纷离去，唯有朝云，一直相陪。苏轼被贬惠州，他们在惠州西湖留下许多动人的故事。苏轼填词，朝云弹唱，而其中这首《蝶恋花》朝云唱得最多，因为生动，合她心意。可每当朝云唱道"枝上柳绵吹又少"时，都会不胜伤悲，泪满衣襟，她说她竟不能唱完"天涯何处无芳草"之句。我在想，朝云是在伤春，还是在感叹，苏轼如此豁达，是否在她离去之后，又会天涯海角觅知音。也许真的是宿命，这位小苏轼整整二十六岁的绝代红颜，竟然先他而去。朝云逝后，苏轼终生不复听此词，并且一直鳏居。也许是，垂暮之年的他，再也禁不起任何的生离死别了。苏轼将朝云葬于惠州西湖孤山南麓栖禅寺大圣塔下的松林之中，并在墓边筑六如亭以纪念，撰写了一对楹联："不合时宜，唯有朝云能识我；独弹古调，每逢暮雨倍思卿。"

佳人杳去，蜡炬成灰，自古多情，总被无情恼。不禁想问，究竟是苏轼多情，还是这三位女子多情？这一切，似乎不重要，因为他们曾经相处过、拥有过。好过那墙内佳人，只给墙外行人，留下缥缈难捉的笑声。其实，每个人，都只是过客，没有谁，可以陪伴谁走到人生的终点。

想起曾经为一幅画题文，有这么几句，印象深刻：

不必知道这是怎样的一种花，

又装饰过谁的秋千架，

只不过有人，
从早春的邻家，折到自己的闲窗下。
以为可以，挽住一段春的牵挂，
反瘦减了青青韶华。
春还在，人已天涯……

是的，春还会在，人却远去天涯。

人生有情 无关风月

玉楼春 欧阳修

尊前拟把归期说,欲语春容先惨咽。人生自是有情痴,此恨不关风与月。

离歌且莫翻新阕,一曲能教肠寸结。直须看尽洛城花,始共春风容易别。

仿佛每一段相逢,都是为了明日的离开。既知到最后,都要离别,却依旧有那么多人,一往情深地期待相逢。纵是短暂的相聚,换一生的离别,也是值得。他们在人生的渡口,演绎着悲欢离合,等待着宿命将缘分一次次安排。人生的聚散,就像是戏的开始和戏的落幕,次数多了,聚散都从容。

我在听这么一首歌《在最深的红尘里重逢》,闻着清风的气息,淡淡地回忆过往的痕迹。于是,写下这么一段文字,似诗非诗,似词非词。

也许有过去,也许只有,在回忆里才能再见你。
红尘如泥,而我在最深的红尘里,与你相遇。
又在风轻云淡的光阴下,匆匆别离。
也许我还是我,也许你还是你,也许有一天,

> 在乱世的红尘里，还可以闻到彼此的呼吸。
> 那时候，我答应你，在最烟火的人间沉迷，
> 并且，再也不轻易说分离。

很美，真的很美，仿佛连离别，都是一种美丽。这样的情多无关风月，却又真的离不开风月。第一次读这句诗是在何时，已然忘记。可后来看琼瑶电视剧《还珠格格》，夏紫薇对乾隆皇帝意味深长地念出"人生自是有情痴，此恨不关风与月"，那时乾隆皇帝流露出的惊讶和感激，令我不能忘怀。因为夏紫薇的理解，让他觉得，以往的过错和辜负，都是情有可原。生命中，许多用情之处，也许并不全和风月相关，有时候，感情就是那样不能自已，无法控制。倘若事事都能理性去思考，也不会有心的迷乱，不会有那么多的痛苦和无奈。

但我明白，说出这句话的人，一定是曾经沧海，不然，又何来如此深刻的感叹。要一个人动情是件容易的事，但要一个人，心中生出怨恨，就必定有过深刻的爱恋。一个平凡的人，有着七情六欲，任何时候，都无法彻底斩断情丝，做到六根清净、五蕴皆空。没有谁，可以真正做到无欲无求，纵是佛家，经历过涅槃，也未必可以远离苦海，修得圆融自在。这世间，为情而痴，为情而苦，作茧自缚的人太多。而真正所能怨怪的，又岂是风月，而是每个人最本真的情怀。无论你多么有慧根和悟性，却终究还是抵不过自己单纯的思想。

○六六 相思莫相负

在我记忆里，被称为唐宋八大家之一的欧阳修，是一代儒宗，他的一生除了文学，更多和政治相关。他不仅诗词出众，散文亦为一时之冠。一篇《醉翁亭记》写出林壑清泉之美，感叹人间四时之景。似乎也在提醒我们，坐对无穷山水，心性当明净放达，人生应及时行乐。一句"醉翁之意不在酒，在乎山水之间也"总会让人想起一个老翁，腰间别一壶老酒，在山水间放逐徜徉。然而，这样一位道骨仙风，落落襟怀的老翁，亦会为情所缚。

再读这首词，突然想起了芍药，想起芍药，是因为它还有一个特别的名字，叫将离。第一次听到，真的让我心动得不能自已，只为那份淡淡的凉意，和简约的美丽。是的，这该是一首叫"将离"的词，欧阳修在西京留守推官任满，离别洛阳时，和亲友话别，心中生出的万千感慨。筵席上，他举杯拟把归期说，却欲语先哽咽。一个无论多么理性的人，面对离别，都无法做到彻底地从容淡定。也许随着年龄的增长，看惯了离合，早已不再感伤。可当我们道出一声珍重，从此天涯各西东，又难免不会牵怀。故人远去，真的可以不再唱阳关曲吗？

醉翁说："人生自是有情痴，此恨不关风与月。"他是个智者，没有拘泥于狭隘的离别，而看到人生万象，品尝百味世情。这首词，让人深深记得的，就是这句。有悲情愁怨，却也豪气纵横，仿佛在瞬间，就打开了心胸，让那些不能自拔的人，得到豁然解脱。这样就可以饮下最后一杯酒，策马扬尘，相忘江湖，决绝转身，不用百转千回。因为，我们每个人，在红尘中，从来不做归人，只做过客。

醉翁又说："离歌且莫翻新阕，一曲能教肠寸结。"读这句，让我想起白居易的诗"古歌旧曲君休听，听取新翻杨柳枝"。想来不同的人，会生出不同的心境。有些人觉得新词不能替代旧曲，任何的翻新，都会平添烦忧。与其这般，不如守着一支旧曲，虽然柔肠百结，却不会添上一段新愁。可有些人，却不忍反复地听古歌旧曲，想要填一段新词，更换情怀。也许只有这样，才可以暂时地遗忘旧梦，在一阕新词里，不轻易碰触过往。

也许，只有将洛阳的花看尽，才可以对春风从容地话别。他对这座城，仍有着无限的眷恋与诸多的不舍。只是，看过了春花，还有夏荷，就像人生，聚散离合无处不在，身在红尘内，又怎么能够将悲欢尝遍？说好了，这样的离别，无关风月，所以无须留下任何的承诺。举杯畅饮之后，起身离席，一个人，不与谁同步。桌上那盏茶，只消片刻，就没了温度。

收拾好简单的行囊，拂袖而去，阳关三叠，已惊不起漫漫风沙。因为，他的心，涉水而过，在江南的烟水亭边，命运为他安排另一段际遇。也许那段际遇，依旧和风月无关，却一定，离不开山水。在有情的山水间，重新回首过往的离别，应该又会有新的感慨。

流水人生，萍散之后，仿佛连落花，都暗隐着慈悲，离别也成了一种对流年的感激。因为只有这样，走过的岁月，才不至于留下一页空白。在生命的过程里，不求奋笔疾书，翰墨四溅，只要摊开一卷素纸，静静地写下一阕清词：人生有情，无关风月。

心字罗衣 弦上说相思

临江仙　晏几道

梦后楼台高锁,酒醒帘幕低垂。去年春恨却来时。落花人独立,微雨燕双飞。

记得小蘋初见,两重心字罗衣。琵琶弦上说相思。当时明月在,曾照彩云归。

一首林海的《琵琶语》,就这样平平仄仄地撩拨着谁的心事。穿过弦音,仿佛看到一个女子,坐在低垂的帘幕里,身着裙衫,怀抱琵琶,拨动琴弦。她低眉顺目,温婉清丽,神韵里却凝结着淡淡的哀怨。跳跃流淌的弦音,惊扰了窗外飞花无数,也惊扰了怀着不同心事的红尘男女。流年日深,多少承诺淹没在匆匆的时光里,而她却是那样安然无恙。安然无恙地坐在帘幕下,撩拨琵琶,每一根弦上都系着经年的相思。

"相思"这个词,从来都是欲寄无从寄。可每个人,还是会为心中的相思,寻找一个寄托。有些人把相思,寄在花鸟山水间;有些人把相思,寄在清风明月里;还有些人把相思,寄在书墨琴弦上。而此刻的我,只想泡一盏淡淡的清茗,在明月如水的夜晚,和小蘋一样,在琵琶弦上说相思。小蘋是一位歌女,她应该比我更解风月,她有飘逸的裙带、娇艳的容颜。她的相思,应该也是华丽的,而我的相思,却朴素。那是遥远的宋朝,她有幸，被风流才子写进词中，并且，这首词，总是刻在世人的记忆深处。相思时，便想起。

其实，我的心门，早已在细碎的流年里悄悄关闭。一个人，将日子过得波澜不惊，在烟尘飞扬的俗世里，云淡风轻。也曾在梦里有过相思，有过悠长的等待。我的生命里，应该有过一个俊朗的少年，那时候，我是青梅，他叫竹马。他也许轻启过我的心门，可是还来不及留下承诺，时光就匆匆远去。我一直相信，走出家乡，就意味着漂泊和流离。可还是有那么多人，背上行囊，稚气地以为，在远方，会有一个美丽的梦将自己等待。就这样，本来可以共度一生的人，被春光抛掷，多年以后，谁也回不到最初。如若守着一份平淡的岁月，或许以后的生命，会无风无雨，那样虽然庸常，却安然。

我喜欢晏几道的词，胜过晏殊。也许他的词，恰好吻合我的心境，就像是一根心弦，被不经意地拨动，遗韵流转。历史上说他一生疏狂磊落、放达不羁，身出高门，却不慕权势。他著有《小山词》，多怀往事，词风浓挚深婉，笔调流淌，语句天成，接近李煜。这一切，缘自他的多情，一个心里藏了滔滔爱恋的人，他的文字，也必定是柔情深种。他一生最愉快的，应该是和友人沈廉叔、陈君龙家的莲、鸿、苹、云四位歌女共处的时光。这四个歌女，给了他对爱情所有美好的想象，满足了一个多情词人对红颜的无限依恋。可是繁华过后总是归于岑寂，沈的卧病、陈的消亡，以及晏府的低落，让莲、鸿、苹、云四位歌女流落街头，他的梦，也在一个浸满春愁的日子,醒来。

　　楼台高锁,帘幕低垂,曾经红牙檀板,诗酒尽欢的时光,已成了烙在心中的一幅画境。落寞的时候,只有反复地搜寻记忆,在记忆的画中,还能看到那年的风景。是的,他依然不能忘情,也无法忘情。一个人,经历了悲欢离合之后,只会对往昔的情感,更加痴心难改。他想起那些落花微雨的日子,想起和小蘋初相见,她的罗裳,绣着双重的"心"字。他如何能忘记,她的妩媚和妖娆,香腮红唇,青丝眉黛,一段舞姿,一曲弦音,一个回眸,甚至一声叹息,都令他销魂。他敲开她紧闭的心门,用文字,用柔情,在她的心里,种下了一颗相思红豆。以后的日日夜夜,小蘋怀抱琵琶,将相思寄在弦上,说与他听。

　　如果可以,他宁愿放弃一切,只要朝朝暮暮,只要一段生死相依。带着莲、鸿、蘋、云四位歌女,从此天涯相随,地老天荒。我想,他愿意,他也会满足。也许日子过得清贫艰难,无奈而寻常,但至少还能执手相看。可我明白,这只是我天真的幻想,我一相情愿地安排。身在高门的晏几道,小有名气的才子,纵然傲视权贵,亦不敢做出离经叛道之事。更况红尘百转千回,又何曾有真正的净土。过尽沧海桑田,会发觉,人生就是一个圈,转来转去,都无法转出那命定的轨迹。所有的挣扎,所有的努力,到最后,都会是徒劳。

　　若远走天涯,流离异乡,尝尽风霜雨雪,又是否还能寻见从前红楼绿窗的繁华?看到心爱的红颜,娟秀的云鬓上添了几许华发,清亮的明眸隐藏着淡淡的哀怨,还有美丽的面容,不知何时,悄悄地长出几缕细纹,又是否还能无动于衷?这时候,再多的诺言,再多的盟誓,都拼不过似水的光阴,拼不过啊!因为美丽地错过,才会有刻骨的回忆。倘若一直拥有,回忆不过是生活的一种点缀。

所以,宁可一生不得相倚,宁可在梦里重逢。不要怨叹当年的抛弃,因为也曾有过好好的珍惜。这么多年,他尝尽了相思的滋味,每一次,听见琵琶的弦音,都会想起初见时的小蘋。如果说,曾经的离别是一生的伤害,那么伤害也成了如今追忆的美丽。小蘋一定被岁月苍老了容颜,此时的她,再怀抱琵琶,又该会是何种模样?她的相思,是比往日更浓?还是被流年消磨,只剩下浅淡的韵味?

还有小蘋,她宁可一生将相思系在弦上,也不愿在多年以后,与他相逢。逝去的真的太遥远,这么多年的相思和等待,没有谁还得起。这是债,相思的债,她付出的,未必要偿还。一曲《琵琶语》依旧,只是由急至缓,由浓到淡。那是因为,小蘋走过了人生那段,曲折生动的过程,如今,她的生活,真实而平静。

窗外,还是宋朝的那轮明月,琵琶弦上,已经不知道,说的是谁人的相思。

酒入愁肠 化作相思泪

苏幕遮　范仲淹

碧云天，黄叶地，秋色连波，波上寒烟翠。山映斜阳天接水，芳草无情，更在斜阳外。

黯乡魂，追旅思。夜夜除非，好梦留人睡。明月楼高休独倚，酒入愁肠，化作相思泪。

"碧云天，黄花地……"似乎许多人读到这里，接下去一句会顺理成章地读出：西风紧，北雁南飞。晓来谁染霜林醉？总是离人泪。这是元代王实甫的《西厢记》里的词句，出自长亭送别的一段。莺莺因张生将离，而内心产生的恋情、别情和伤情，才有了这样凄美的锦句名词。这里的"碧云天，黄叶地"，则是北宋词人范仲淹《苏幕遮》里的句子，表达的是征人思家的愁绪。他们将离情，装订成一册浪漫的线装书，让捧读的人，也生出柔情。纷飞的黄叶，携着淡淡的追忆，遗落在过往的秋风里。

从发现第一枚落叶开始，我就在阅读秋天。这个季节，有人目睹了灿烂，有人感受到荒凉。秋叶飘落的那一瞬，会让我们产生幻觉，幻想着死亡的美丽。却也会有一种落地生根之感，仿佛另一段缘分已经开始，我们就可以顺理成章地背叛，萌动新的情感。秋天确实是一个适合怀旧、启发感思的季节，它的到来，仿佛是为了将人渡化。历来写诗填词的作者，在这个季节，都会创作出大量生动的作品。那些历史名著，也总是借秋景抒秋情，心若秋水，忧伤而明净，让汹涌的浊世，在一卷水墨中安定平静。

　　读词的上片，就觉得是在清风明月下，打开一轴秋水长天的清凉画卷。碧云高天，黄叶满地，秋色连波，斜阳落入水中，潋滟的波光，弥漫着寒烟薄雾，离离野草，铺向看不见的天边。这是一幅塞外的秋景图，美丽而悲凉。范仲淹写这首词时，出任陕西四路宣抚使，主持防御西夏的军事，在边关防务前线，看着塞外秋景，将士们不免思亲念乡。看到斜阳芳草，延伸到苍茫的远方，仿佛这条路，可以将他们带回梦里的故乡。这些边塞的征人，年年岁岁，都希望可以早日结束战争，脱下征袍，解甲归田。在家乡守着几亩土地，修一个篱院，白天农作，晚上温一壶老酒，用平静而淡定的心情，跟老妻稚子，讲述塞外烽火连天的旧事。

　　这一切，都只是在梦中，只有合上眼，才能在梦里与家人团聚，醒来心绪黯然，愁如潮涌。看着溶溶月色，却不敢登楼望远，怕目光，无法企及故乡灯火阑珊的角落。木屋的寒窗下，曾经容颜姣好的妻子，已被相思煎熬，鬓边添了几缕华发。也曾绝色倾城，在流光里，舞动年华的裙裾。此时的她，点着如豆青灯，以爱情为针，以思念为线，为远行的丈夫缝补征袍，只希望相思可以跋山涉水，捎去天涯。稚子在床上酣睡，他还不解人世，以为母亲的怀抱，是他唯一的温暖。门外犬吠，秋风渐紧，明日的茅舍小院，又该是黄叶满地。

　　梦不安枕，酒皆化泪。一切景语皆情语，范仲淹正是借助对秋色的描写，真切地吐露征人的旅思之情。然而又不全是，以他"先天下之忧而忧，后天下之乐而乐"的宽广襟怀，又岂会如此狭隘？秋景写秋心，当是借秋色苍茫，以抒其忧国之思。面对西夏突如其来的挑衅，宋朝措手不及，范仲淹身肩一国安危，心系万民苍生，他将忧愁，融入秋景，写进词中。其实此时的范仲淹，已年过五旬，霜染鬓发，也是在这里，他写下了"人不寐，将军白发征夫泪"的词句。

范仲淹，北宋政治家、文学家、军事家。真宗大中祥符八年（1015年）进士，后官至参知政事（副宰相）。他的一生，没有多少起落，甚至可以说是官场得意，有几次小波折，也很轻松地渡过。但我们似乎感受不到他人生的华丽，只留一份清淡，存于心间。范仲淹生于徐州，次年父逝，母亲带着襁褓中的他，改嫁至山东淄州长山县一户姓朱的人家，改名朱说。后来中进士，才恢复范姓。他为了励志，去山间一寺庙寄宿读书，寒来暑往，从不松懈。他清苦度日，每天只煮一锅稠粥，凉了以后划成四块，早晚各取两块，拌几根腌菜，调半盂醋汁，吃完继续点灯苦读。也是那时，他给后世留下了划粥割齑的美誉。

范仲淹得知自己身世后，便决心脱离朱家，自立门户。他不顾母亲劝阻，收拾好衣物，执琴佩剑，离开长山，徒步求学去了。二十三岁的范仲淹来到睢阳应天府书院，这里藏书千卷，还有许多志趣相投的师生为伴。他生活依旧清俭，人说像孔子贤徒颜回，一碗饭、一瓢水，在陋巷，他人叫苦连天，颜回却不改其乐。而范仲淹，每日淡饭粗茶，清晨舞剑，日夜苦读，他人赏花看月，他在书卷里自得寻乐。几年后，参加科举，中榜为进士，开始了他四十年的政治生涯。

他写下"先天下之忧而忧，后天下之乐而乐"的警世名句。也抒发了"酒入愁肠，化作相思泪"的柔情感慨。他的一生，心存清淡，以天下为己任。在车水马龙中守一份从容，在五味杂陈里持一份清淡，在波涛汹涌时怀一份平静。总以为离他很远，其实，他就在百姓身边。

初秋时节，霜意还未开始，有些人已经开始握笔，写下秋天的诗句，只为了，落叶经过的时候，顺便捎去一个梦想，赠给往日的流年。待到空山日暮，那一朵安静的白云，是否会为我们唤醒，一些行将忘记的烟霞故事。

"碧云天，黄叶地……"没有花团锦簇，只见碧水长天。所谓世相纷呈，我们当以清醒自居，在浮华中纯净，在酷冷中慈悲，在坚定中柔软，在繁复中安宁。秋水无尘，兰草淡淡，不以物喜，不以物悲。

> 我住长江头 君住长江尾

卜算子 李之仪

我住长江头,君住长江尾。日日思君不见君,共饮长江水。
此水几时休,此恨何时已。只愿君心似我心,定不负相思意。

站在长江的水岸,我试图抓住一片云彩、一缕清风,将它们放进背囊,我不能再允许,这一次又是空手而回。因为我要依靠它们,记住头顶蔚蓝的天空,记住脚下滔滔的江水,记住那些与水相关的故事。从古至今,不知道有多少人,在江畔为爱情占卜,希望卦象上写着"地久天长"这四个字。溺于爱的歧流中,以为顺水漂流,就可以找寻到那个和你共饮长江水的人,却不知,这汹涌的浪涛,会毫不留情地淹没你所有的梦。那时候,你想逆流而返,连归路也找不到了。

想要留住爱情的人,其实是愚蠢的,因为它和世界的花草一样,荣枯有时,长久的,也不过几岁而已。你说弱水三千,只单取一瓢饮;娇梅万朵,只独摘一枝怜。却不问,这一瓢水,一枝梅,是否与你今生缘定,多少美丽的错误就这么酿下。而幸福,与我们只隔了一米阳光,此后,各自成了爱情的孤魂。碧无水涯,也许我们不是那同船共渡的人,但是,我们可以共饮这滚滚的长江水。

于是,依旧有许多人,在江畔吟唱李之仪写的这首《卜算子》,恍惚如醉。只是这堤岸太长,没有谁可以在星夜之前赶到他想要抵达的港湾,和爱人,共诉一夜柔肠。暮色来临之前,江岸已经点亮了太平盛世里才有的灯火。茶馆收拾起桌椅,结束了一天的忙碌,白天它为过客开放,夜晚,它只做自己的归人,借一扇窗,遥望远方。尽管,这么深的江水里,一定埋葬过许多冤魂,可是盛世风流,相思也许不可以起死回生,但是一定可以抚平时间的伤口。你年轻的时候,和韶光也许是敌人,真正老到心里覆盖了一层厚厚青苔时,反而愿意和韶光,化敌为友。因为你需要借助它的存在,去回忆那些细水长流的往事。

"我住长江头,君住长江尾,日日思君不见君,共饮长江水。"这般简洁如话,却情意回环的词句,想要让人不喜欢,都难。因为一首词,所以喜欢水,而后爱上了茶,爱上茶的清苦和品后的回甘。我想着,在多年前,他们一定有过这样一次欢聚。那女子,用一片冰心,放入壶中,煮成香茗,他们剪烛西窗,夜话到天明。多年以后,他们各自品尝一盏茶,是否还能回忆起,当年冰心煮茶的味道?有时候,甚至会禁不住怀疑,自己当年,到底喝下了没有?为什么,只记得起白开水的味道,又在清晨到来之前,消失在梦中。一样的水,煮出两样的茶,就像是同一棵树,也会结出味道不同的果。

"此水几时休,此恨何时已。只愿君心似我心,定不负相思意。"就

○七八 相思莫相负

是这样，在相思里惊心度日，把离愁别恨当成是千劫百难，在无能为力的时候，怨怪起永不休止的江水。都说江水无情，不为任何人停驻，却不知，江水又比任何人都有义，至少它不会转身，留下无谓的纠缠。人的相思，会有尽头，许多人，明知相思枯竭，却连诀别的勇气都没有。把秘密托付给时间，而自己却在人生的荒原，寻找新的一席之地，开始另一段缘起，偷折一枝分外的桃花，占为己有。桃花凋落，就像那些绚烂的爱情，抵不过年华的流转，曾经炽热如火，一旦转身，竟冷得毫无血色。这样也好，倘若都是圆满无缺，又如何将彼此的光华和黯淡显现。倘若背叛了爱情，也无须愧疚，就当是恪守了生命的理则，荣枯是本分。

可还是忘不了相爱时的千恩万宠，想要在江水中品尝出同样的相思，不辜负彼此的心意。总以为握住相思，就是拥有了护身符，要知道，灵符也是有期限的，过期了，就会失去效用。其实隔着万里蓬山，要比隔着一扇窗、一道门槛的对话，更耐人寻味。不要以为闻到彼此的呼吸，就意味着亲近。距离就像一条长长的红丝线，它可以延续情感，越远的地方，越是久长。久别重逢的人，聚在了一起，满怀惊喜地想要吐露衷肠，说出口，才发觉，自己记着的不过是时间遗落下来的一些流水账。

静下心来，才想起了写这首词的作者，李之仪。这首词，因为语言通俗易懂，又风情独特，所以读过的人，都难以忘怀。这样的字，因为简单，所以食髓知味，尤其在长江一带，风靡一时，那些恋爱中小别的男女，常常借词句来表达心意。流年易过，那些失去的光阴和美好的爱情，都沉在水中。又会有新人，来到江岸，在告别之前，探身取水，装一罐水的相思，也装一罐水的性灵。回去后，有些人，迫不及待，饮下，有些人，刻下誓言，封存。

关于李之仪，历史上只给了他轻描淡写的几笔。北宋词人，字端叔，自号姑溪居士，才华横溢，做过官。而我却深记，那么一段文字。李之仪《与祝提举无党》说："某到太平州四周年，第一年丧子妇；第二年病悴，涉春徂夏，劣然脱死；第三年亡妻，子女相继见舍；第四年初，则癣疮被体，已而寒疾为苦。"后遇赦复官，授"朝议大夫"，未赴任，仍居太平州南姑溪之地，以太平州城南姑溪河（又称鹅溪）为缘，自名"姑溪居士"。卒后葬于葬当涂藏云山致雨峰。

短短几行字，仿佛看到一段被年轮的利刃宰割的人生。不知道，那个在水一方的伊人，究竟是谁。可我们都明白，在长江水没有饮尽之前，她已经将自己和爱情一起典当，变卖给了别人。而词人，也错过了，赎回的期限。这么多年，长江的水，依旧东流，曾经约定好的人，和相思，一起缺席。

柔情似水 佳期如梦

鹊桥仙 秦观

纤云弄巧，飞星传恨，银汉迢迢暗度。金风玉露一相逢，便胜却、人间无数。

柔情似水，佳期如梦。忍顾鹊桥归路。两情若是久长时，又岂在、朝朝暮暮。

  七夕又为乞巧节，中国传统的情人节，带着浪漫而悲情的色彩。不知道究竟起源于什么时候，据说节日起源于汉代，但是牛郎和织女的故事，却在更遥远的从前。每个人都知道，那是一场风花雪月的情事，有一段人间四月天的开始，有一段秋风悲画扇的结局。所幸他们的爱情，没有被命运粉碎成尘灰，时光给了他们一个永恒的距离，并且给了一个相逢的机遇。一年一度，没有期限，万世之后，或许青山已老，江河逆转，这段诺言，不会背离。

  爱情就像是一棵树，开了幸福的花，结了不幸的果，而这果，却不是一个人独尝。所以，当悲伤无边蔓延的时候，慰藉也在悄悄滋长。今日，不是所有的织女身边，都会有一个牛郎，也不是所有牛郎的身边，会有一个织女。纵算有，现实的银河，波涛滚滚，也不会有一座鹊桥，安排他们相会。此岸和彼岸，隔着一道不长不短的流年，离别的渡口承载不起相逢。人生就是这样，有人失去，便有人拥有；有人聚，就有人散。七夕是牛郎和织女鹊桥相会的日子，他们有一年的分离，换这一日的相逢。所以，与红尘那些朝朝暮暮的男女无关。

就在今日，如果你去翻开尘封多年的书卷，或许还能看到一页泛黄的书签，那是一张年轻的记忆。年少时，一定有许多人，将秦观这首《鹊桥仙》，用蝇头小楷，细细抄写在书签上，寄给心仪的人。年少的梦多么美丽，连惆怅和遗憾都是浪漫的。可以轻易地许诺，随心说出"我爱你"，就像一朵花，许诺一棵草，花竟忘记，它要先自凋零。就像滔滔江河，许诺一叶孤舟，它忽略了，它活着的使命。无论这些诺言，是否会兑现，但我们都怀念，那种脱口而出的美好。随着年岁增长，却不敢轻易许诺，害怕沉重的诺言，束缚了自己，伤害了别人。

写下这首《鹊桥仙》的人，是被称为"苏门四学子"的秦观。他的多情和婉约词风，造就了这么一首千古绝唱。秦少游虽才高八斗，却三试才及第，走上仕宦之途，亦不平坦，也得过恩宠，后遭贬谪，写下许多惆怅悲怆的词篇。然而秦观的词，写风月情事的极多，他喜和歌妓往来，不惜笔墨，为她们写下"漫赢得青楼，薄幸名存"等此类诸多锦词佳句。历史上，记载他和不少歌妓的风流韵事，甚至和才情横溢的苏小妹还有一段动人的爱情故事。虽然只是传说，他们的人生却因为这段传说而美丽、而风情。

千年之前的秦观，大概也是在七夕之日写下这首《鹊桥仙》。"纤云弄巧,飞星传恨,银汉迢迢暗度。"这里的一"巧"一"恨",写出乞巧节里,牛郎和织女这段悲情的故事,伤感的相逢。迢迢银汉,将他们生生分离,命运将他们置于两地,只能在渡口相望,丈尺之遥,握不到彼此的手。人间的恨,莫过于此了。然而,"金风玉露一相逢,便胜却、人间无数"——秦少游视这样的相逢,为金风玉露,多么华丽又温存的字,就这样落入各自的眼中。于他,是一缕多情的金风,于她,是一盏洁净的玉露。这样曼妙的相逢,虽然一年一度,却胜过人间,那些终日厮守的夫妻。

可我总不以为然,我心中所想的,应该是这样的图画——他们应该有一间朴素的茅屋,篱院里有一口水井,几畦菜地,种了许多花花草草,养了几只小鸡。温柔平凡的织女,每日坐于家中,低眉于手中活计,操持家务,只知生养。而朴实憨厚的牛郎,日出时在农田里耕种,日落归来,手上拎着池塘里捕到的小鱼,或是一只在树下逮到的野兔。煤油灯下,一家几口,其乐融融地吃着佳肴美味,或家常小菜。日子过得波澜不惊,内心清透如水,他们也许肤浅,但他们要的,就是这样微小的相依,平实地拥有。绝不是那一年一度金风玉露的相逢,绝不是。

可是不能,尽管他们可以做红尘的奴、红尘的仆,也不能如愿地做一对平凡的夫妻。我看到织女,在缥缈的天界,一次次将生锈的光阴,擦得银亮,为的是一年一度的鹊桥相逢。便有了:"柔情似水,佳期如梦。忍顾鹊桥归路。"他们在似水的柔情里缠绵,在如梦的佳期里沉醉,心中却害怕,短暂的相逢,又要踏上鹊桥的归路。"忍顾"二字让本就微薄的幸福，又在开始掉落、悲伤，在苍茫的天际弥漫。鹊桥长恨，来路有期，归路也有期。他们无法越过命运的藩篱，用一年的一日，去换一份天长地久。

所以，他们故作潇洒、强忍悲戚地说："两情若是久长时，又岂在、朝朝暮暮。"不，这也只是秦少游的爱情观，是他笔下的牛郎织女。就像是他给自己一段风流情事，所找出的美丽借口，一种对无奈分别的慰安。我知道，被等待煎熬了千万年的牛郎和织女，再不愿贪恋那金风玉露的相逢。只想守着彼此浅淡的温度，彼此简约的幸福，看人间的，一草一木，一尘一土。

多少人，将爱情，匆匆地装进口袋，待换了衣服，也就意味随手丢弃了爱情。也有人，将爱情，放进端砚里研磨，写在宣纸上，无论经历多少朝代，都不会褪色。只是有几人，将爱情藏入心间，用灵魂耕耘，在岁月的土地上，等待一季一季的，幸福花开。

晨起时一场狂风暴雨，心中暗自感叹，七夕之日，这风雨，是否会耽误了鹊桥相会的佳期？看来在千古注定的命数里，所有的忧虑，所有的渴盼，都是徒劳和多余。此时的窗外，一枚上弦月细瘦，院内葡萄架上枝影缠绕，我没有坐在竹椅上倾听，因为不想惊扰。只在静夜里，轻啜一盏茶，闻着雾气衍生出的，淡淡温暖。

第四辑
Chapter · 04

相思已是不曾闲

春愁满纸空盟誓

鹊桥仙　蜀中妓

说盟说誓，说情说意，动便春愁满纸。多应念得脱空经，是那个先生教底？

不茶不饭，不言不语，一味供他憔悴。相思已是不曾闲，又那得工夫咒你。

窗外微风细雨，小院的榴花却在雨中绽放，火红俏丽的朵儿，凝着雨露，像是一个女子的相思。在这清凉的午后，素手焚香，摘几朵新鲜的茉莉煮一壶清茗，只觉风雅逼人。屋内流淌着潘越云低唱的一首《相思已是不曾闲》，柔肠百转，不尽缠绵。

这首歌词是由南宋一位蜀中歌妓填的《鹊桥仙》改编而来，前面的词句都被删改，只有最后两句"相思已是不曾闲，又那得工夫咒你"不曾改动一个字。因为这样的句子，刻骨惊心，不留余地。她那么舒缓地唱着，沉浸在自己酝酿的相思里，不容得有任何人惊扰她的梦。我也被她所感染，烹煮一壶叫相思的情绪，自斟自饮。却觉得，前缘旧梦，一路行来，可以想念的人，已然不多。更何况，要对某一个人相思刻骨，实在太难。倒不如，做一个赏花的闲人，看那情深的女子，如何把华丽的相思，开到花残，把一缕余香留给懂得之人。

相思莫相负

我喜欢那残酷的美感，爱那繁华之后的寂寥。看一个女子，从锦绣华年，一直爱到白发苍颜。韶光匆匆，那么轻易就耗尽了她一生的相思，那期间漫长的煎熬与滋味，只有她一人独尝。爱到深处，是如此的不堪，当自己都手足无措，又怎能给别人一份简单的安稳。看一段人间烟火，大家都抢着要分食，痴心的执著，换来更早的岑寂。如璀璨的烟花，炽热地燃烧，余下的是一堆冰凉的残雪。我知她们心意，却做不了那情深之人，宁愿守着一段空白的记忆，仓皇地老去。也不要在心头，长出一颗朱砂痣，直到死去，亦无法消除。

填这首《鹊桥仙》的女子，只是蜀中一个无名的歌妓，是否留名于史，并不重要。只要她的词，可以镌刻在别人心里，像一粒青涩的种子，成熟之后，结出相思的果。南宋洪迈撰记小说《夷坚志》记有南宋词人陆游居蜀地时，曾挟一歌妓归来，安置在一别院，约数日一往探视。有段日子，陆游因病，而稍长时间没有去看她。这女子因相思难耐，便猜疑陆游生了二心。陆游作词自解，她便作词《鹊桥仙》复他。宋代蜀妓，多受唐时女诗人薛涛影响，善文墨、工诗词者，不胜枚举。而这位蜀中妓，被陆游青睐，想必是容貌绝佳，才情不凡，只凭这一纸词章，亦知她是个敢爱敢恨、不修雕饰的性情女子了。

陆游年轻时，有过一场刻骨铭心之爱。他和唐婉，青梅竹马，后结为夫妻，几经波折，终是离散。十年后，他们相逢于满城春色的沈园，为她写下名传千古的《钗头凤》。而唐婉回去之后，和了陆游一首《钗头凤》便香消玉殒，陆游怀念了她一生，但不可能为她痴守一生。旧爱难消，不可以重来，不可以替代，却可以重新对另一个人生情。蜀中妓写"说盟说誓，说情说意"，足以证明陆游对她也有过海誓山盟，万般情意，而且动辄花言巧语。"多应念得脱空经，是那个先生教底？"这句嗔怪之语，半恼半戏之笔，更见这位女子灵巧聪慧、俏皮可爱。他怨陆游对她的殷殷盟誓之言，只是一本扯谎的经文，哄骗她而已。这等虚情，不知是哪位先生所教。只简单几句，便将她佯嗔带笑之态活跃在纸端。

更让人值得咀嚼回味的是下阕，"不茶不饭，不言不语，一味供他憔悴。"她心中虽怪怨陆游薄情，自己却无法不情深，无法不相思，依旧为他不茶不饭，不言不语，为他形容消瘦，为他神情憔悴。她被相思占据了整颗心，没有丝毫的清闲，又怎么还会有时间去咒他。如此不舍，如此不忍，如此真切深情，发于肺腑，出于自然，也是她这首词不同于其他的妙处。天然情韵，无须雕饰，落落襟怀，直抵于心。

那是一个生活在社会底层的歌妓，她的命运，似浮萍柳浪，没有依靠，没有寄托。许多的歌妓，一生流转于秦楼楚馆，受尽屈辱，觅不到一个真心的男子。她也许是幸运的，被陆游喜欢，从此远离烟花之地，还对她说盟说誓，一片情意。人生的苦，莫过于得到后，又要失去，与其如此，不如从来不曾拥有。好过那，日复一日捧着甜蜜的回忆，痛苦地尝饮。她害怕失去，害怕疏离，害怕那些真实的相处，是一场空梦。所以，她不敢让自己闲下来，只有将自己彻底地沉浸在相思里，分分秒秒地想念心爱的人，这样才不至于转瞬成为虚无幻影，才可以告诉自己，一切都是真的，真的拥有着，就在现在，就在此刻，就在当下。

唐时鱼玄机说"易求无价宝，难得有情郎"，汉代卓文君说"愿得一人心，白首不分离"。然而这些痴心的女子，没有谁，不曾尝尽刻骨的相思。一生想要求得一个不离不弃、陪伴自己经历生老病死之人，谈何容易。谁人不知，月到圆时月即缺，情到深处情转薄。曾经拟下的盟约，是否抵得过地久天长的岁月？也许这一切因果，她们都懂，却没有谁，可以真正地把握自己的情感，忍耐自己的相思。各人有各人的缘法，在注定的结局里，平静地享受必经的过程，是我的初衷。我这么说，并不意味我就可以站在烟雨中，不打湿衣衫。纵算我可以做到，但也不能肯定，在和暖的阳光下，心底不会潮湿。

我不知道，最后陆游是否辜负了这位蜀中歌妓的一片真心，也不知道，他们到底相爱了多久，是否等到恩怨偿还，才彼此放手离别。香炉的烟轻轻袅袅，似要告诉我答案，最终还是无声无息地离开。那个叫潘越云的女子，依旧唱着一句"相思已是不曾闲"。为她自己，还是为蜀中妓，又或者是为万千的女子。她重复地低唱，仿佛一停下来，那个爱了一生的人，就会转身离开。

身在空门 仍恋凡尘烟火

西江月　陈妙常

松院青灯闪闪，芸窗钟鼓沉沉，黄昏独自展孤衾，欲睡先愁不稳。

一念静中思动，遍身欲火难禁，强将津唾咽凡心，怎奈凡心转盛。

"小女子年方二八，正青春，被师父削去了头发。我本是女娇娥，又不是男儿郎……"在陈凯歌的《霸王别姬》里，程蝶衣一遍一遍含着血泪唱这首《思凡》，因总唱不对台词，而吃尽苦头，那情景，让看客心痛不已。这里《思凡》的主角，说的就是尼姑陈妙常。著名昆曲《玉簪记》里演的道姑陈妙常和潘必正的爱情故事，也是因陈妙常空门偷情，被文人墨客，渲染改编而成的。因为离奇，才会有人舍得挥毫泼墨，迫不及待地想要抢先表达。一时间，汴京纸贵，戏里戏外，辨认不出真假。都说人生如戏，看多了别人的故事，有时会不由自主地，丢弃自己的舞台。

空门里没有爱情，他们的七情六欲，被清规戒律挂上了一把铜锁，封印在青灯黄卷中。这世间没有一把钥匙可以开启，又是任何钥匙都可以打开，你有权选择立地成佛，也有权选择万劫不复。佛家信因果轮回，信回头是岸，却不知，这些修炼的人，都是世间寻常男女。只因一段梵音或一卷经文的感化，才有了佛缘，他们又如何可以在短时间里，视万物为空，轻易地躲过情劫。

　　唐宋时期盛行佛教，庙宇庵堂遍及全国各地，名山大川。参禅悟道，出家为僧为尼似乎是大势所趋，他们爱上了庙堂的清静，爱上了莲台的慈悲。古木檀香胜过凡尘烟火，梵音经贝代替车水马龙，宽袖袈裟好过锦衣华服。陈妙常是南宋高宗绍兴年间，临江青石镇郊女贞庵中的尼姑。之前的唐朝，虽有像鱼玄机等不少这样的才女出家，也留下过许多风流韵事。陈妙常出家的初衷，并不是追逐潮流，她本出身官宦，只因自幼体弱多病，命犯孤魔，父母才将她舍入空门，削发为尼。然而她蕙质兰心，不仅悟性高，而且诗文音律皆妙，出落得更是秀丽多姿，美艳照人。这样一位绝代佳人，整日静坐在庵堂诵经礼佛，白白辜负了锦绣华年。

　　如果说冰雪聪明、天香国色也算一种错，那她的错，是完美。她就是佛前的一朵青莲，在璀璨的佛光下，更加的清丽绝俗、妩媚动人。这样的女子，不落凡尘的女子，对任何男子来说，都是一种诱惑。哪怕身居庙宇庵堂，常伴古佛青灯，也让人意乱情迷。那时候，庵庙里设了许多洁净雅室，以供远道而来的香客住宿祈福，寺庙里可留宿女客，庵堂内也可供男客过夜。正因为如此，陈妙常的美貌与才情，才让有缘的男子倾慕。她正值花样年华，面对红尘男子，纵是木鱼为伴，经卷作陪，芳心亦会难以自持。

　　陈妙常第一邂逅的男子叫张孝祥，进士出身，当年奉派出任临江县令，途中夜宿镇外山麓的女贞庵中。就是那个月白风清的夜晚，张孝祥漫步在庵庙的庭院，忽闻琴声铮铮琮琮，只见月下一妙龄女尼焚香抚琴，绰约风姿，似莲台仙子。一时按捺不住，便吟下了"瑶琴横几上，妙手拂心弦"、"有心归洛浦，无计到巫山"这样的撩人艳句。而陈妙常却不为他的词句所动，反而把持自己，回了他"莫胡言"、"小神仙"的清凉之句。张孝祥自觉无趣，悄身离去，次日离开庵庙，赴任去了。后每日为公务缠身，却始终不忘女贞庵中，那月下抚琴的妙龄女尼。常常因此心神荡漾，相思平添。

张孝祥的昔日同窗好友潘法成游学来到临江县，故人重逢，共话西窗。谈及女贞庵的才貌双全的女尼，张孝祥感叹自己，人在官场，身不由己的苦楚。而这边的潘法成已听得心旌摇曳，后借故住进了女贞庵中。他总认为，一位才华出众绝色佳人，甘愿舍弃凡尘的一切诱惑，毅然住进庵庙，清心苦修，必定有着不同寻常的心路历程。因住进女贞庵中的别院厢房，与陈妙常便有了几次邂逅的机会，郎才女貌，就算在清净的庵堂，也是一道至美无言的风景。

一个春心难耐的豆蔻女子，这一次，遇见了梦里的檀郎，自是情思无限，欢喜难言。二人谈诗论文，对弈品茗，参禅说法，宛然如前世爱眷。直至陈妙常芳心涌动，写下了这一阕《西江月》："松院青灯闪闪，芸窗钟鼓沉沉，黄昏独自展孤衾，欲睡先愁不稳。一念静中思动，遍身欲火难禁，强将津唾咽凡心，怎奈凡心转盛。"所有的清规戒律，就被这一张薄纸划破，情思似决堤之水，滔滔不止。松风夜静、青灯明灭的深宵，她空帏孤衾，辗转反侧，早已抛开了所有的矜持和腼腆。只待潘法成读了这阕艳词，也立即展纸濡毫，写下"未知何日到仙家，曾许彩鸾同跨"的句子。

后来有红学家考证，说《红楼梦》中的妙玉是以陈妙常为蓝本。其实那些空门中的尼姑动了凡心，大概都是此般情态。妙玉静坐禅床，却神不守舍，一时如万马奔策，连禅床都摇晃起来。一直以为妙玉的定力非凡，可也难免走火入魔，那魔是心魔、是情魔。像她这等如花女子，一时的意乱情迷，算不上是过错。这世间之人，各有各的缘法，各有各的宿命，强求不得，改变不了。

此后，女贞观成了巫山庙，禅房成了云雨榻，如此春风几度后，陈妙常已是珠胎暗结。那时的庵庙虽常有男欢女爱之事发生，但大多为露水情缘，难以长久。而陈妙常自觉凡心深动，她与潘郎真心相爱，不愿分散。潘法成为此求助于好友张孝祥，张孝祥也是通情达理之人，出了主意，让他们到县衙捏词说本是自幼指腹为婚，后因战乱离散，今幸得重逢，诉请完婚。张孝祥就是县令，所以当他接过状纸，问明原委，立即执笔判他们有情人成眷属。

她离开女贞观，穿上了翠袖罗裳，收拾起纸帐梅花，准备着红帷绣幔。此后，巫山云雨，欢眠自在，春花秋月，任尔采摘。

颜色如花命如叶

减字木兰花·春怨　朱淑真

> 独行独坐,独唱独酬还独卧。伫立伤神,无奈轻寒着摸人。
> 此情谁见,泪洗残妆无一半。愁病相仍,剔尽寒灯梦不成。

我知道,她是在剔尽寒灯梦不成的孤独中死去。那羸弱的灯火,没有延续她的生命,没有延续她的情感,也没有延续她的梦想。她甚至在寒夜里,连梦也没得做了,试问,一个才貌非凡的女词人,到了连梦也做不成的境况,生命对她来说,还有存在的意义吗?又或者说,这没落而荒凉的尘世,之前不曾给过她希望,不曾给过她温暖,不曾给过她爱情,如今又还有什么理由,来挽住她?

寂寞的窗牖下,一盏孤灯明明灭灭,挑过的灯花越来越亮,灵魂的火焰却越来越暗。她就是这样,起笔连用五个"独"字,把心中无以排遣的苦闷愁怀,淋漓地写出来。"独行独坐,独唱独酬还独卧。"就是这样,顾影自怜,起卧无时,酌酒无绪,赋诗无心,就是这样的伤神,被春寒入骨侵心。看着寂寞的影子,她悲伤得泪流满面,心中还有未曾死去的情愫,却无人得见。愁病交加的日子,她只能独对寒灯,用枯瘦的细指,挑

相思莫相负

〇九六

着点点灯花。想伴着这盏幽灯，沉沉睡去，做一场曼妙无声的春梦。可寒夜悠长，她看着孤灯，止不住地叹息，连一个平淡的梦，也做不了。

她叫朱淑真，生于宋代，一个普通的仕宦之家，不显赫，却也殷实。她所生活的时代，恰逢南宋与金媾和，社会渐趋稳定。自幼冰雪聪慧，博通经史，能文善画，精晓音律，尤工诗词。按说这样一位才貌双全的民间才女，应该有幸福美满的一生，就算不华丽，也应该平凡简单。可她短暂的一生却是如此的难尽人意，情场失欢，最后抱恨幽栖而终。她是一朵傲世的黄花，却开不出那片叫爱情的花瓣。一生为情所牵，却不知一生到底交付给了谁，一朵花，寂寞地开在尘世，独自绽放，独自凋零。还不如一株寻常的草木，植入尘中，还能尝尽五味杂陈的烟火。可她偏生要"宁可抱香枝上老，不随黄叶舞秋风"，她追求美好的爱情，而爱情却将她辜负。

少女时，也曾天真烂漫，也曾穷日逐欢，怀着对美好爱情的憧憬，在闺房里填词作画，抚琴读书。她希望，用自己最洁净的心，等待一场爱情的来临。她甚至幻想过，她的郎君，应该是俊朗儒雅、满腹诗文。白天，花前柳下，吟诗对句；晚上，红绡帐里，鸳鸯同欢。他为她轻妆描眉，她为他红袖添香。可她没能如愿以偿，现实是冷酷的，没有谁，可以预测自己命运。就在她十六岁的那年，由父母包办，将她嫁给了一个平凡的市井男子。仿佛从第一天开始，她就已经看到自己无望的一生。

此后，她随夫游宦于吴越荆楚之地，饱经流离之苦。她也想和夫携手相牵,走过风雨人生,可每当吟出"对景如何可遣怀,与谁江上共诗裁"的绝望之句,那颗本就不够温暖的心,在冰冷中渐渐死去。这样一个吟咏"绿杨影里,海棠亭畔,红杏梢头"诗意而妩媚的女子,如何和一个满身铜臭、不解风情的男子携手终老?他们之间,就像流水中两枚旋转的落叶,朝着各自的方向奔走,永远不会有爱的交集。以为自己相伴一生的男子,会为她遮风挡雨,会给她一个坚实的臂弯,会呵护她柔弱的心怀。却不料,这样的叠合,反添了心灵的负累,给了她无尽的愁烦。人生的悲哀莫过于鸳鸯枕上不同梦,看着熟睡在身边的男子,只能将泪水伤情地吞咽。他们被隔在爱情的两岸,身在一处,心与心,却是这世界上最遥远的距离。

如果她愿意安于现状,甘心做一名平凡的妇人,为她的丈夫,持家度日、生儿育女。这一生,也许平淡,但却可以安稳,也许没有梦中的诗意,却有朴素的真实。可她被撩拨的心弦已经无法平静,那在枝头绽放的花朵已经无法回头,是的,回不去了,这朵孤独傲世的黄花,开在崖畔,注定了一生孤绝。她的美丽,只能独赏,她的芬芳,只能独尝。在没有知音的日子里,她亲手将自己鲜妍的花瓣折下,研磨成汁,调酒饮下。然而,她饮下的也是爱情的毒酒,所谓毒药,一半是毒,一半是药。她是个决绝的女子,只服下了毒,却没有给自己准备解药。

在爱情的阡陌上,她始终没有找到一个可以执手同游的人。命运把她交付给孤独,她在孤独中断肠,在断肠中死去。她的才情,虽不及李清照格调高雅、潇洒大气,在文坛上,却可以并驾齐驱。她们同为词后,却有着各自截然不同的宿命。李清照在爱情中，享受过一场华美的盛宴，纵算后来尝尽离合悲欢，可她热烈地拥有过。而朱淑真却是一朵寂寞的黄花，永远结不出并蒂，她在纷乱的红尘独舞，一个人绝世，一个人倾城，一个人的似水流年，一个人的地老天荒。

她的一生，什么也没留下，只有一册《断肠集》，那是她蘸着自己的血泪，写下的。而她亲笔写下的诗稿，也和她一起，化成灰烬。《断肠集序》所载："其死也，不能葬骨于地下，如青冢可吊；并其诗为父母一火焚之。"这样一位绝代佳人，连芳冢都没有一座，连在她坟前，浇杯薄酒的机会都不给留下。以为蓬勃的草木，可以覆盖她简短的一生，她却将自己，托付给流水。她的骨灰，被抛撒在钱塘江水中，千年已过，不知道那寂寞的芳魂，是否还在江畔徘徊，吟哦她的词句，等待她的知音。

记忆是开在流年里的花，不曾绚丽，就在风中寂灭。可总还有人记得，她叫朱淑真，号幽栖居士，在宋朝的一场时光梦里，恍惚地来过，又恍惚地走了。她的一生，没有爱情。她留下一卷书，叫《断肠集》。

荼蘼谢了 春还在

小重山 吴淑姬

谢了荼蘼春事休。无多花片子，缀枝头。庭槐影碎被风揉，莺虽老，声尚带娇羞。
独自倚妆楼。一川烟草浪，衬云浮。不如归去下帘钩。心儿小，难着许多愁。

夏日午后，有些燥热，我枕一本宋词而眠，屋内弥漫着睡莲淡淡的幽香和书中浅浅的墨香。恍惚间入梦，似听一个声音在说："一个人，只要在心里种植安静，那么，任谁也无法缭乱这份清凉。"所以，我睡得很安稳，梦中有足够的空间，可以让自己思绪游弋。梦里只觉满目春光，烟草柳浪，有青石小径，也有小院楼台。远处的渡口，有依依送别的情人，近处的亭台，有相偎相依的眷侣。院内飞花如梦，探墙的青藤，叫唤着行人为它止步。有独倚妆楼的女子，低低说道："谢了荼蘼春事休，我还有时间，我不会辜负。"

醒来心意阑珊，才知是南柯一梦。关于梦，千百年来，没有谁可以诠释，一个人在沉睡之后，思想到底做了一场怎样放纵的遨游。梦里花好月圆，现实难遂人意，许多时候，面对人生，我们总是这样力不从心。韶光在左，我在右，这中间，始终隔了一道薄薄的界限，才会一半是清醒，一半是模糊。我以为，到了和韶华诀别的年龄，可总还有一些鲜莹的故事，欲断未断。就像那枝头欲坠的春梅，像那没有西沉的冷月，在最后的时刻，终究还是不忍释手。

我想起梦里那女子说的，谢了荼蘼春事休。这是一首叫《小重山》的词中之句，为宋时一个叫吴淑姬的才女所写。关于吴淑姬，历史上记载了两个人物，一个为北宋，一个为南宋，一个是山西汾阴人氏，一个是浙江潮州人氏。她们皆为才女，只是命运不同，人生历程不同，而这首《小重山》究竟为谁人所写，似乎并不重要，只当做是一样情怀，两瓣心香。这世间，本就有许多巧合，有时候，偶然会比必然更奇妙，无意会比有意更惊心。我喜欢，给真相蒙上一层烟雾，喜欢那份隐约的美感。任何时候，追根问底，都是一种残忍的伤害。

翻到了这一页，只读上阕："谢了荼蘼春事休。无多花片子，缀枝头。庭槐影碎被风揉，莺虽老，声尚带娇羞。"只在瞬间，我仿佛就明白了词人的感慨，她说荼蘼花谢，春天结束。可还有一些花片子，缀在枝头。她说莺虽老，声尚带娇羞。这一切，隐喻着一个思妇对自身年华的感叹，以为老去红颜，谁知青春还在。我曾说过，我宁愿静坐一夜，坐到白发苍苍，也不要经历那些烦琐的过程。可在稍纵即逝的年轮里，我们又会胆怯，会被仓促的流年，搅得措手不及。人就是这样一个矛盾体，在完美中追求残缺，在懦弱中寻找坚强。一切当顺应自然，倘若执意要去打乱秩序，必定又会起另一段风云。

记起席慕容的一首诗，叫《渡口》。

> 让我与你握别，
>
> 再轻轻抽出我的手……
>
> 华年从此停顿，
>
> 热泪在心中汇成河流……
>
> 渡口旁找不到一朵相送的花，
>
> 就把祝福别在襟上吧。
>
> 而明日，明日又隔天涯……

后来被蔡琴缓缓地吟唱，仿佛看到和韶华作别时，那一步三回首的依恋和不舍。在离别的渡口，可以做到决绝的人，实在不多。除非彼岸，有更生动的风景，让你有勇气，抛下一切，毅然奔赴。这又让我想起，那些匆匆赶往死亡的人，那些纵身山崖、一剑封喉、吞咽毒药的人，是因为现世的绝望，还是渴望来世的重生？在深深浅浅的岁月里行走，无须策马扬尘，也不可悄然止步，恬淡的心境，自有云淡风轻。

她一番感慨后，独倚妆楼，思远怀人了。只希望可以在青春没有逝去之前，和爱人相见，看着满院荼蘼，听燕语莺啭。哪怕只拽住春天的影子，也好过又一年的流转。烟草连天，白云似雪浪翻滚，苍茫的天地间，哪里还有归舟可见。高楼望断，终究是一场空芜的等待。愁绪似烟草白云一起涌来，就是放下帘幕，也隔不断，挡不住。她纤柔的心，又如何装得下这如许多的愁怀。李清照曾经有写闲愁的名句："只恐双溪舴艋舟，载不动，许多愁。"看来自古闲愁都一样，沉甸甸地压在每个人的心里，难以排遣。可当如意之时，愁绪又轻似薄烟，一吹即散。

书上记载两个吴淑姬不同的命运，汾阴的吴淑姬自小由父母做主，许给一个秀才。在未嫁之前，一次梳妆，玉簪坠地而折。不久后，秀才就死了，其父劝她改嫁，她不依，发誓说："除非断了的玉簪再合，否则决不再嫁。"可几年后，吴淑姬读到一个叫杨子治的诗，生出爱慕之情，又因自己有誓在先，不便跟父亲启齿。后来，她竟偶然发现盒子里，断了的玉簪合在一起，于是成就了一段美好的姻缘。那断簪如何再合的，我们不得而知，究竟是谁帮她换了新的，还是她自己换了？我们无须在意，这样聪慧的女子，本就该拥有幸福。

而湖州的吴淑姬，似乎命运坎坷了些。她父亲是一位满腹诗书的秀才，可惜生不逢时，落魄潦倒。只因吴淑姬才貌双全，被一位富家子弟看中买去。岂料这富家子弟乃轻薄之人，吴淑姬不甘过屈辱的生活，几度逃跑，受尽折磨。后被夫家送去官府究治，诬她妇节不贞。幸遇到为官清正的王龟龄为湖州太守，吴淑姬将自己的冤屈写成一首词，为《长相思》："烟霏霏，雪霏霏，雪向梅花枝上堆，春从何处回？醉眼开，睡眼开，疏影横斜安在哉？从教塞管催。"她要太守相信，她如梅花般冰洁，会迎雪怒放，冷傲绝俗。也因为她情真意切的词，感动了太守，而无罪开释。

我用简单的文字，写下她们的人生故事，也并非是想知道这首《小重山》究竟为何人所写，似乎汾阴的吴淑姬可能性更大些。可千古人事相同，我们都逃不过韶光的流转，躲不过命定的情缘。走在人生花开的陌上，我们可以伤感，却不要沉沦；我们可以辜负，却不要错过。

一种相思 两处闲愁

一剪梅　李清照

红藕香残玉簟秋,轻解罗裳,独上兰舟。云中谁寄锦书来?雁字回时,月满西楼。

花自飘零水自流,一种相思,两处闲愁。此情无计可消除,才下眉头,却上心头。

筝曲淙淙,似水流淌,一首《月满西楼》被无数个女子轻唱,不知道,谁才能唱出李清照想要的滋味,相思的滋味。明月挂在中天,安静而温柔,我将一卷闲书放在月光下晾晒,千年的水墨依旧潮湿。因为不断有人划桨,只为探寻一个千古才女的心事,也常常因此,迷失了自己,找不到归程。我们总以为那些无法企及的人事,就一定隐藏着一个谜,却忽略了,同样是寻常的生活,只是所处的朝代不同,经历的事不同而已。然而,朝代也不过是客栈,我们在各自的朝代里,寄住着彼此的人生客栈。

写下这阕《一剪梅》的人,是千古词后李清照,一个平凡的名字,却掷地有声。这首词,是为相思而写,她思念远行的丈夫,希望他捎来锦书,告诉归期,免去她如此焦心的等待。关于李清照的一生,一半是喜剧,一半是悲剧,她在自己的人生舞台上,坚强地扮演自己的角色。从红颜佳色,到霜华满鬓,她努力而辛苦地度过漫长的一辈子,而我们,只需要三言两语，就可以轻巧地说完。

她出身名门世家，自小被书香熏染，五六岁就随父母迁居东京汴梁，看过京城的繁华，俨然是一个大家闺秀。生活上没有太多束缚，她有着天真无邪的少女时代，不仅划着小舟，嬉戏于藕花深处，还经常到东京街市，观赏夜市的花灯。为此，留下了许多轻巧灵动的诗词，其中那首著名的《如梦令》："争渡，争渡，惊起一滩鸥鹭。"就是她少女时代的作品。

十八岁那年，李清照嫁给了赵明诚，她爱情的火焰，被这个博学多才的男子点燃。他们情投意合，知道彼此就是自己那个缘定三生的人，婚后一同研究金石书画，度过人生最美好的时光。这期间，因为赵明诚在外为官，夫妻也有许多次小别，李清照为此写下许多相思成疾的词句。这首《一剪梅》，就是离别后因思念而作，还有另一首《醉花阴》："莫道不销魂，帘卷西风，人比黄花瘦。"写出她因思念赵明诚，为其人比黄花瘦的寂寞和寥落。

秋天的故事，应该是最美的，一种清冷的美。秋天的相思，应该也是最美的，一种沁凉的美。这是个让人感叹年华老去的季节，因为看到满池的残荷，尽管它还飘散着余香冷韵，可是凉意中却依旧透露出消瘦。其实四季一样的长短，我们可以选择自己喜欢的季节，却无权责怪它们的好与坏。看到残荷枯梗，我们不能忘记，曾经翠绿的荷叶，诗意地为我们撑过伞，清雅的荷花，装点过老花瓶寂寞的流年。莲荷不需要守住任何的诺言，它的人生，只是一季的枯荣。它无心惊扰你的梦，因为你划桨过来的时候，已经将它的梦惊碎。

"轻解罗裳，独上兰舟"这就是李清照，她的风姿、她的明丽、她的闲愁，就是这样让人不敢逼视。是的，独上兰舟，曾经是举案齐眉，如今茕茕孑影。以为可以在一池的莲荷中寻着并蒂，却不想，误了花期。其实，生命不是一场掠夺，如果用心，我们依然可以在冷落中，找寻到重叠的时光。残荷不需要我们用任何方式来祭奠它的华年，因为只有湖水，才能给得起它想要的永远。李清照看到低徊的大雁，因为远行的丈夫没有托它们捎来锦书，所以它们一直向前，没有停留。莲荷虽枯，根茎却还在池中，雁子飘零，终究飞回故里，兰舟上，只有她，摆渡到无人收留的岸口。

落花无情，流水无意，不顾她的愁怨，依旧我行我素地飘落流走。就像赵明诚，为了男儿的抱负，一段前程，几纸功名，执意要走。他执意要走，她没有跟他道别，以为没有道别，他就一直还在，不曾离开。可她明明在相思，一样的相思，隔离在两处。她用藕丝穿针，缝补两地闲愁；她相信好梦能圆，就如同相信这残败的荷，还会再如期盛开，相信她等待的人，正披星戴月赶着归来。有时候，人就是这样，宁愿欺骗自己，也不要被别人欺骗。这世间，多少人，因为等待，才有相思，可是等待久了，相思会不会成了厌倦？一棵草，只需要春生秋死，它们不怕被时间辜负。而人却要穷尽一生，历经无数次的蜕变，才能得到一个结果，这结果未必是满意。

当一个人，孤独到连影子都长满了绿苔，她心中的情愫与愁闷，自是无法排遣了。只能看着它们一点一滴地在心里积累，却无计消除。她就是这样，把自己最美丽的青春给了他，没有给自己，剩下多少。仿佛从相思开始，她的人生，就悄悄有了转变，犯下的心病，已经无法根治。

李清照所处的年代，恰逢宋朝江山改换。都说人生是公平的，当初给过你多少的快乐，以后你就有分担多少的伤悲。我们总以为沉浸在梦里，就可以不必回到现实，却忽略了，江河还在流转，不要侥幸地以为，醒来的时候恰好就是春暖花开。赵明诚出师未捷身先死，留下李清照乱世寡居，此后流徙漂泊，受尽苦楚。红尘没落，她似一枚无依的霜叶，因为无依，才会有后来悲哀的再嫁。好在那段残破的婚姻没有维持多久，李清照便独自过上她寻寻觅觅、冷冷清清的晚年。

尽管命运给了她一杯苦茶，可她一生都没有懦弱。李清照在晚年时，殚精竭虑，编撰《金石录》，完成赵明诚未了之愿。还为当时腐朽的宋王朝，写了一首雄浑奔放的《夏日绝句》："生当作人杰，死亦为鬼雄。至今思项羽，不肯过江东。"这些，没有给朝廷带来任何的转变，该聚还是聚，该散还是散，日出固然是惊喜，日落未必是惨淡。

一路行走，一路抽丝剥茧，到最后，连一件遮身蔽体的衣裳都没有，就该离去。她死了，死在江南，死得很寂寞，也很满足。一代才女，千古词后，在厚厚的史册上，也不过是薄薄的一片黄花，写着一段，瘦瘠的过往。

沈园 那场伤感的相逢

钗头凤 唐婉

世情薄，人情恶，雨送黄昏花易落。晓风干，泪痕残，欲笺心事，独倚斜栏。难，难，难！

人成各，今非昨，病魂常似秋千索。角声寒，夜阑珊，怕人寻问，咽泪装欢。瞒，瞒，瞒！

  黄昏总是自作主张，在你不经意的时候到来，它不需要跟任何人商量，因为它没有出轨的权利。而人，却可以把自己的出轨，当做是生命里一次恍惚的远游。其实心已经走过万水千山，但依然痴守在她的窗下，郑重地说，我不是一个背信的人。多么坚定的话，就这样不假思索地说出口，就像往一个空杯子，瞬间倒满了水，连感动也是潮湿的。曾经的盟誓，是为了将彼此的心拴牢在一起，可最后，拴住的，却是空芜的梦。明明是一路赏阅风景，可其中一个人，几时悄悄离开的，都不知道。

  "雨送黄昏花易落"，其实下的是一场花瓣雨，在风起的黄昏，那么多的花瓣，决然离开枝头，纷纷下落，不肯回头。因为，她们始终坚信，花瓣离了枝头，才可以散发出更幽韵绝俗的芬芳。就像许多人，用死亡的方式，只为了让深爱的人永远记住她。在死之前，往往凄美地说一句：我要你永远忘不了我，我要你负罪一生。两个人的故事，因为其中一个人的离开，是否还能继续？我从来都相信，一个人死去，就可以带走一切纷繁，尽管这世间，有许多人还不够慈悲，他们不肯轻易地放过那些存在过的人和事。可死去的人，如灯寂灭，他连自己都忘记，你还指望他记得什么？花落了，那干净的树枝，好像在问你，是不是要听一段新的故事？

没有人会忘记，在宋朝，在沈园，一个满城春色日子，有过一段伤感的相逢。她是唐婉，文静灵秀、才情横溢。他叫陆游，风流倜傥、满腹诗文。这两个熟悉的名字，因为他们的故事，而不再简单。他们本是青梅竹马，情投意合，有凤钗为媒，有情感作聘。本是一段美满的婚姻，而且婚后也确实有过一段美好的日子，二人鱼水欢谐，情爱弥深。所谓慧极必伤，情深不寿，用在他们身上，再合适不过了。唐婉绰约的风姿和出众的才情，让陆游整天沉溺于温柔乡，而软化了雄心，忽略了功名。这是陆游母亲最为不能忍受的，她一心盼着儿子金榜题名，光耀门庭，如今看着这个像妖精般的儿媳妇，蛊惑陆游，她强逼陆游立刻休妻。

迫于母命，陆游将唐婉送回娘家。一段感情，到了至深之境，反而不能长久。他们没有彻底放弃，陆游另筑别院安置唐婉，二人得以鸳梦重续。这样的日子，没能维持多久，陆母察觉后，严令二人彻底断绝来往，并为陆游另娶一个安分的女子王氏为妻。无情和深情也只是在旦夕之间。他们有心同梦，却无缘同床，是现实的刀刃将他们的斩断，一个流血不止，一个负伤而走。此后，一对曾经海誓山盟的爱人，携着悲痛，奔赴各自的宿命，又被辗转的流年，弄得下落不明。

下落不明，这让有情之人看了心慌、无情之人看了解脱的四个字。茫茫人海，潮来潮往，每个人就是一枚尘沙，不知道要在佛前跪求多少年，才可以换一次擦肩，换一段邂逅，换一世同行。这样难觅的缘分，被他们轻易地丢弃，任何理由都不可原谅。他们几乎都不曾想过，还能在风雨多年后重逢，因为奢望也要付出代价。我们一定也错过许多人生的缘分，甚至痴傻地以为，把爱情写成经文，设置好密码，有朝一日，只要兑现诺言，给爱人讲解，这样就不算是背叛。却不知，活着的人会死去，热情的心会冷落，诺言也会在风中飘散。就连沧海都会化作沧桑，更何况，渺小如尘埃的你，又禁得起几多岁月的轮回？我们是时光的旅人，只能用薄弱的心，来背负一路沉重的故事。

　　在没有奢求的时候重逢，是命运所给的恩赐。沈园，这个因为一段伤感的相逢，而生动了千年的园林，至今仍有人去追寻佳人的身影。陆游和唐婉就是在千年前，那满城春色的柳畔邂逅，不曾有任何的准备，突如其来的际遇让人措手不及。他们用多年光阴，努力尘封的情感，就在刹那，奔涌而出。那本就不牢固的心堤，也在瞬间倒塌。有惊喜，有心痛，有感叹，有无奈，就在这些五味杂陈的心绪下，陆游在沈园的粉墙上，提笔写下《钗头凤》。

　　红酥手，黄藤酒，满城春色宫墙柳。东风恶，欢情薄，一怀愁绪，几年离索。错，错，错！

春如旧，人空瘦，泪痕红浥鲛绡透。桃花落，闲池阁，山盟虽在，锦书难托。莫，莫，莫！

唐婉后来的丈夫是一位豁达之人，他知道自己的妻子和陆游有过一段刻骨的情缘，所以给了他们倾谈的机会。可唐婉明白，曾经沧海难为水，如何还敢奢望太多，这一次相见，是永别。她知道，这条飞絮缤纷的幽径，已经无法同行。他们之间，言语已是多余，这样干干净净地相看一眼，就足矣。曾经那样轻易别离，如今，再不要轻言相守。转身之后，那一地，落满的都是叹息。

这首《钗头凤》刻在了唐婉的心里，最后，也是这首《钗头凤》夺去她美好的生命。她本可以遗忘，和赵士程过完以后平凡的人生。可她是红颜，痴心的红颜，注定了，她要薄命。她将所有的思念，所有的悲哀，所有的血泪，填成一首《钗头凤》，为了纪念她的爱情，哀悼她的人生。

世情薄，人情恶。雨送黄昏花易落。晓风干，泪痕残。欲笺心事，独语斜栏。难，难，难！

人成各，今非昨。病魂常似秋千索。角声寒，夜阑珊。怕人寻问，咽泪装欢。瞒，瞒，瞒！

与其过那种咽泪装欢的日子，不如自我了断，只有死，才不需要给任何人交代。而活着的人，却永远也忘不了她，陆游就是这样，在愧疚中怀想她一生的。没有背叛，没有辜负，她给自己挖好坟墓，用落叶裹着爱情，一起葬下。春天开始的故事，必定是在秋天结束。她应该，死在秋天，因为她尊重落叶，尊重死亡。

第五辑 Chapter·05

流光容易把人抛

锦瑟年华 该与谁度

青玉案 贺铸

> 凌波不过横塘路，但目送，芳尘去。锦瑟华年谁与度？月桥花院，琐窗朱户，只有春知处。
> 碧云冉冉蘅皋暮，彩笔新题断肠句。试问闲愁都几许？一川烟草，满城风絮，梅子黄时雨！

其实，已经没有太多的锦瑟年华，可以和谁肆无忌惮地去分享。也还没有老到只能捧着回忆度日的年岁。可流年却真的匆匆，就像此时，我仿佛才闻过晨起时淡淡的花香，可窗外已近黄昏，闭着眼，又闻出斜阳的味道。很久没有这样注视天空，曾经年少，喜欢黄昏时漫天彩霞的绚丽，织就一个个锦绣的梦。

不知何时起，每近黄昏，就要掩上帘幕，怕那霞光穿过窗牖，落在我的桌案。好似在提醒我，我的人生，已经没有多少光阴可以任意虚度，更没有多少年华，可以随性蹉跎。我承认，落日真的很美，因为它行将消逝，所以它的美，带着一种惆怅和壮丽。我们所能抓住的，只是那一尾稍纵即逝的光影，在寻常的日夜更替里，我们终究还是会止不住内心的悲伤。

人生就是一场修炼，和时间修炼，和命运修炼，明明是在争斗什么，到最后，却分不清是敌是友。可是我们都知道，你我注定是输者，输得美

一一六 相思莫相负

丽而颓废，输得决绝而清澈。在年华的路上，看过一树一树的花开，我们总是忍不住将心放飞，可又不知道，如何将放出去的心收回。在你身边匆匆而过的，分明都是陌路人，可一些人似曾相识，让你一见倾心；一些人恍如旧友，让你倍感亲切。又或许还有一些人，会让你心生厌烦，但是你可以视而不见，转身走远。

读过贺方回这首《青玉案》的人应该很多，一句"锦瑟年华谁与度"与"试问闲愁都几许"是那样的撩人情思。可是关于贺方回的一生，历史上只是轻描淡写，然而轻描淡写的几笔，并不意味他的一生，就是平淡安稳，甚至一帆风顺。他是宋太祖贺皇后族孙，娶的也是宗室之女。十七岁离家赴汴京，后在官场辗转多年，所任皆为冷职闲差，终生不得志。仕途之路，浮沉几度，其中冷暖，想必也是自知。关于他的情感历程，无从得知，只能凭借他散落在文史上的诗词，去猜测他的心情，以及隐藏在岁月深处的故事。每个人的一生，都是一个谜，而我宁愿他们带着谜底离开，也不希望他们将自己的一生袒露在世间，让世人看得清楚明白。留下一些秘密，就是慈悲；留下一些想象，就是美好。

关于贺铸，我印象深刻就那么几句：年少读书，博学强记。任侠喜武，喜谈当世事。他的性情本近于侠，以豪爽刚烈见称于士大夫之林，所以词风也偏慷慨悲壮，却又是刚柔兼济，风格多样。翻看他的词卷，亦有不少婉约多情的佳句，文辞优美，富有情致。据说贺方回和温庭筠一样，相貌丑陋，也许这样，会令他的情感生涯，多出一些波折。一个人，才情人品固然重要，可是一见钟情的，多半是那份初见时的神韵和风骨。虽说，腹有诗书气自华，可有时，那华丽的文采，却压不过丑陋的外貌。说这些，没有丝毫嘲笑贺方回的意味，现实的酷冷常常会让人措手不及。在春风得意之时，要想着有一天也许会面对惨淡的人生。在落魄低沉之时，亦想着拨云见日其实并不久远。

这一次，他对一个陌路女子，一见倾心。贺方回因对仕途灰心，便退居苏州，在苏州盘门之南十余里处筑企鸿居，其地即是横塘。一段偶然的际遇，让他邂逅了一个翩若惊鸿的女子。她款款细步，涉水而来，轻盈的风致令贺方回想起了洛神。当年曹子建为洛神写了一篇华美惊艳的《洛神赋》。曹植用："其形也，翩若惊鸿，婉若游龙，荣曜秋菊，华茂春松。仿佛兮若轻云之蔽月，飘飖兮若流风之回雪。"这样的锦词绣句，来形容洛神的美。千百年来，总会让人们想起，在月光幽清的夜晚，甄妃凌波御风而来，和曹植在洛水之畔相遇。一切都是梦境，梦醒后，他们掩饰不住心中的惆怅。我曾说过，想念一个人，梦里连呼吸都会痛。那是因为，爱到恍惚，爱到不能把握自己。

贺方回就偶遇了这么一个女子，凌波微步，罗袜生尘，就这么涉水而来，涉水而去，甚至连浅浅的微笑都不曾有，更莫说惊艳的回眸。只留下风姿绰约的背影，让词人目送芳尘远去，独自怅惘。"锦瑟华年谁与度？月桥花院，琐窗朱户，只有春知处。"李义山曾有诗云："锦瑟无端五十弦，一弦一柱思华年。"暗喻青春的美好，年华锦丽。贺方回看着

一一八 相思莫相负

佳人飘然远去，却不知如许年华，与谁同度？其实这时候的贺方回，也许年光老去，并没有多少值得炫耀的年华，可他情思依然饱满。月桥、花院、琐窗、朱户，这些美好的意象，也唯有春知。又或许他在为那出尘的女子感叹，不知她锦瑟年华，是否有心仪的男子共度？只怕是还不曾开始拥有，就要和韶华诀别，如此绝代女子，连过往，都是苍白的。

且不问谁是锦瑟，谁是华年，词人就是如此痴心一片，伫立在邂逅的地方，迟迟地不肯离开。这暗涌的情愫，就像春梅乍放，已经不能收敛。直到黄昏日暮，才归家，写下这痴情断肠的词句。"试问闲愁都几许？一川烟草，满城风絮，梅子黄时雨！"他搁笔自问，闲愁几许？似无涯的青草，似满城的飞絮，也似漫天的梅雨。如此之多，真是凌乱难遣。而贺方回也因为这首《青玉案》而得名"贺梅子"。

青梅往事，来不及挥手作别，就已远去。流光偷换，繁花似雪，落地生尘。无论生命中那朵情花是未曾开放就已凋零，又或者灿烂绚丽地开过，再死去。只要是落下，就不会回头。年华来的时候，没有召唤；走的时候，也无须诀别。

闲门听雨锁流光

一剪梅　蒋捷

一片春愁待酒浇。
江上舟摇，楼上帘招。
秋娘渡与泰娘桥，
风又飘飘，雨又萧萧。

何日归家洗客袍？
银字笙调，心字香烧。
流光容易把人抛，
红了樱桃，绿了芭蕉。

　　喜欢这一句"流光容易把人抛"是很多年前的事了。那时候，豆蔻年华，只觉岁月青葱，我的人生，还有一大段的光阴，足够我任意虚度。我总说，多希望可以在瞬间老去，那样就可以免去浮华的过程。一夜之间，从青丝到白发，成了一个少女单纯的向往。

　　那时候，我真的觉得，翠绿的时光将生命填满，几乎是泛滥成灾。可我却喜欢在夜深时，对着月亮，或听着细雨，吟咏这一句"流光容易把人抛，红了樱桃，绿了芭蕉。"直到后来，我才知道，我那时喜欢的只是词里的意境，却不明白，词中的怅叹。因为我明白的时候，流光已将我抛远，那些被蹉跎的日子，甚至连痕迹都不曾留下。而我所能做的，只是不停地追忆、不断地怀旧。

　　后来又读《牡丹亭》，词句写道："原来姹紫嫣红开遍，似这般都付与断井颓垣。良辰美景奈何天，赏心乐事谁家院！恁般景致，朝飞暮卷，云霞翠轩；雨丝风片，烟波画船——锦屏人忒看的这韶光贱。"才恍然，韶光真的是贱，曼妙的春色将人诱惑，待你将年华交付，光阴又似云烟过隙。只一个华丽的转身，青春已经抛得甚远。多少人，就是这样感叹似水流年，穿越一个又一个春天。每个人都想努力地抓住逝去的时光，却总是忽略了原来还有许多未知的光阴，供自己慢慢地度过。

　　写这首《一剪梅》的词作者蒋捷，为宋末元初江苏宜兴人。咸淳十年（1274年）进士。南宋亡，深怀亡国之痛，隐居不仕，人称"竹山先生"、"樱桃进士"。而他的"樱桃进士"之称正是因为这首词得来。词的起句，就写到浓郁的春愁只待酒浇，此时的他，是一个天涯羁客，思归之情难以抑制。小舟飘摇在吴江上，远远近近的酒旗在风中招摇。真想停舟柳岸，坐在酒铺，来几坛陈年佳酿，一醉贪欢。也许那样，就可以忘记自己身为过客的惆怅，忘记春光牵引出的无限愁烦。

　　其实，吴江离他的故里宜兴并不远，只需轻舟太湖，就可以归家。想他一定被尘事所缚，碌碌难脱，看着近在咫尺的家乡，却胜似天涯。舟在江心流淌，驶过秋娘渡，又越过泰娘桥，不曾有半刻的停留。他始终离不开那艘客船，只能伫立在船畔，看江南的风雨潇潇。人生就像是一场远行，没有任何的行程会是一帆风顺，只有越过无数逆境，才可以海阔天空。这个过程里，难免会失意，会被浪潮打湿衣襟。蒋捷登上了他人生的客船，他厌倦了漂泊，只想归乡，做个淡泊的隐士闲人。其实，每个人的一生，一直在行走，一直在路上，又何曾有过停歇？古人云："树欲静，而风不止。"就是如此。心动则万物皆动，人在世间，谁又能做到心如止水？

所以，他无法停止不去梦想，梦想着有一天归家，年轻貌美的妻子为他洗净客袍。而他换上宽袖大衣，一袭风骨飘然。他调弄着有银字的笙，点燃心字形的熏香，抑或是煮上一壶老酒，几碟小菜，对着朗月，斟饮一番。这一切，多么的惬意和雅致。洗去行客的风尘，只有家，才会是真正的窗明几净。读到这儿，不禁又让我想起《大明宫词》里那段皮影戏的对话，我曾经写乌镇的皮影戏时，也想起过那动人的场景。

一位年轻的女子，提着竹篮，被明媚的春光，悠悠碧水，搅得柔情荡漾。她说："为什么春天每年都如期而至，而我远行的丈夫，却年年不见音信。"这样的语气，怀着淡淡的哀怨与无限的渴望，只有杨柳飞花，听她细诉衷肠。而那位远行的丈夫，离家去国，整整三年，只为了梦里金碧辉煌的长安，为了满足一个男儿宏伟的心愿。如今终于衣锦还乡，打马归来，又遇上故里的春天。江南依旧桃红柳绿，青山如黛，什么都没有改变，他不知道新婚一夜就离别的妻子，是否依旧红颜。后来他们就在那宽阔的道路上相遇，野花和绿草见证他们的久别之后的重逢。仿佛任何时候，这个画面对我都是一种诱惑，令我心旌摇曳，难以自持。与其说被那姹紫嫣红的春色诱惑，莫如说为那一场相逢而感动。

蒋捷不是那骑在马上的将军，他只是一位登上客船的旅人。他也不能衣锦还乡，面对山河破碎，故国沦陷，纵然他可以将浮名抛散，却无法不感怀哀恸。可是他梦里的心愿,和他们是一样的美好。一样的春光荡漾,尽管多了些朦胧的烟雨。他的妻子也许不再年轻貌美,只是一个平凡的老妪,可是只有她,可以安抚他漂泊的心。为他风雨等候,为他洗净客袍,为他红袖添香。然而,这一切,与爱情无关,而是一种长期以来相濡以沫的温情。他们也许不能携手天涯,可是无论隔了万水千山,都不能离弃。

他终叹"流光容易把人抛,红了樱桃,绿了芭蕉。"是的,流年易逝,转眼春光已过去一半,樱桃红了,芭蕉已绿。而他还在奔向远方的过程中,不知道自己的归期。仓促的时光,已经不容许他再去虚度,仿佛只要一眨眼,他就被流光抛掷。其实这世间,没有谁敢和光阴下场赌注,因为,这将会是一场必败的赌局,任何人,都无法有机会赢过光阴。当我们都白发苍苍之时,时光依旧苍绿如初。

既然身在远方,那么就不要问归途,因为,任何的旅途,都会有尽头。韶光更替,四季流转,只需走过一个轮回,就可以策马归程。那时候,横斜的梅枝,已探过墙院,第一个为你捎来春的消息。

旧岁繁花 终不敌今春新绿

望江南 苏轼

春未老，风细柳斜斜。试上超然台上看，半壕春水一城花。烟雨暗千家。

寒食后，酒醒却咨嗟。休对故人思故国，且将新火试新茶。诗酒趁年华。

一直以来，我都认为，人生有许多的巧合。一片云彩，一枚落叶，一阕清词，一首古曲，都会在不同时候，暗合自己的心境。或许，这就是所谓的缘分，缘来时当珍惜，缘去时也莫牵怀。每当我读起苏轼的这首《望江南》，无论在何地，怀着怎样的心情，都可以在瞬间入境。微风细雨的季节，行走在青衣柳巷，湿润的石板路上，流淌着过往的醇香。巷陌里的人家，同往常一样，过着简单而宁静的生活。不知是谁家，用清新的柴火，煮着早春的新茶，阵阵茶香，从半掩的窗扉飘出，熏染了一季的梦想。也不知是谁，将淡淡的春愁，挂在晾衣架上，希望过客装进行囊，带去天涯。

分明在烟火的俗世间，只闻茶香，又觉此中岁月，悠然忘尘。我喜欢这份洗彻尘埃的洁净，一句诗酒趁年华，就有着卓然于世的超脱。仿佛所有的失意与落寞，都是一种无端的辜负和蹉跎。人生浮沉，世事难测，当知得失随缘，闲淡由之。在烟尘飞扬的世象中，犹记明月清风。在颠沛流离的境遇里，学会随遇而安。这就是苏轼的处世之道，在不合时宜的境况里依旧清醒旷达，不诉悲凉之音。他遭谪贬，被放逐，一生辗转流离，得意太少，失意太多。许多座城市都留下他的足迹，留下他的故事，也留下他的诗词。

他在黄州偏远的乡间，咀嚼几碟素菜，品味出"人间有味是清欢"的淡泊。他在惠州的陋室，隔帘听雨，享受"又得浮生一日凉"的意境。他在杭州西湖，看桃红柳绿，吟咏"淡妆浓抹总相宜"的清雅。他在密州的烟雨丛林，竹杖芒鞋，感悟"一蓑烟雨任平生"的况味。他的词句，蕴涵大自然的钟灵毓秀，藏纳人生的世情百味，也渗透了释、道、儒的隽永馨香。没有姹紫嫣红，无须惊涛骇浪，苏轼就是这样，在他的云水生涯里，品出淡定与从容。

这是一个暮春的细雨天，风中的杨柳依依，东坡居士独自登上超然台，看一江春水，满城花开，看烟雨中的万千人家。他的心穿越烟云雾海，在万象的苍茫里，体味一种物我两忘的超然明净。这是个适合观雨品茶的季节，整座城，拥有着青葱的华年。西厢养蚕，燕子筑巢，杏花疏落，牡丹初好。面对这份大自然的清新与洁净，又何必再去怀思故国。山水依旧，更迭的只是朝代，就像时光仍在，流逝的只是我们。关于命运的玄机，我们无须觉悟太早，也不可觉悟太迟，流年似水匆匆，却无论如何，都会给我们留下回忆。

忘记孤独，模糊悲喜，用青翠的季节之火，烹煮一壶碧绿的新茶，那芬芳，无须细品，沾唇即醉。在细雨的窗扉下，摊开一纸书笺，写下这样的诗行：

> 让我平静地看着你，
> 直到淡淡地老去。
> 这样一段明净的诗酒年华，
> 纵然坐到白发苍颜，
> 我都想要淡然地珍惜。
> 你带着唐时如意、宋时记忆，
> 还有明清烟雨，
> 循过长荷素淡的香迹，
> 才给了我今世真实的欢喜。
> 也曾梦回故里，也曾萍散萍聚，
> 到最后，我还是我，
> 你还是你。
> 如果有一天你将我无由地忘记，
> 我也不会忘了你。
> 只是不再寻觅，
> 守着一段温润的光阴，
> 我还是我自己……

一二六 相思莫相负

是的，就是这样，诗酒趁年华。每个人，都是从一颗种子长成参天大树。短短数十载的光阴，如果不曾用心去珍惜，年轮就从身边悄悄流走。一盘棋，可以下到樵夫柯烂；一壶茶，可以喝到人生老尽。许多人，走到生命的尽头，回首过往，只觉是南柯一梦，没有一段真实的记忆可以触摸。都说人生若只如初见，却不知道，任何茫然的开始，都要自己写下最后的结局。从红颜到白发，就这样枉自蹉跎，韶华就像是一场幻觉，依稀来过，又真的走远。

人生有缘弥可贵，岁月无期当自珍。如果现在，你正拥有最好的华年，当自珍惜，不要让它，似流水，从时光的缝隙间仓促滑走。不要让"错过"，成为一生不可挽回的缺憾，不要枉读了"且将新火试新茶，诗酒趁年华"的诗句。倘若，你已经和年华擦肩而过，也请你，在树的年轮里，一点一滴地找寻丢失的回忆，重新拼凑起一本青春的诗集。

其实，一个人的心，真的很辽阔，纵然失去了方向，它也不会迷惘，并且永远都不会孤单。一路行程，没有鲜花和掌声，也要为自己喝彩。无人的时候，就将话语说给自己听，如果渴望被爱，未必就要先去爱上别人。因为，这世间，从来就不能肯定地给你一个公平的说法。心的世界，本就是一片空虚，你想要用空虚去填补另一种空虚，注定会失去很多记忆，谁又还能，在一片惆怅的回忆里，找到真实的自己？时光是镜，假如你不小心打碎，即使有一天破镜可以重圆，从前斑驳的倒影，一片片伤痕，也会塞满无尽的空间。

来者已来，不可抗拒；去者已去，无法挽留。如今的年华，在新火里煮沸，和着诗酒，一起咽下。过去的年华，在散尽的流云里，已经无迹可寻。没有人，可以让死去的昨天复活，却一定可以，不让活着的今天死去。尽管明天并不遥远，可它毕竟只是明天。

你以为自己走到了终点，却不知，又陷进生命的另一场轮回。从此，那些发生过的故事，又要随着流年，一同生长。看着光阴来去，你是否会真的以为，还有一段年华，等着你去好好珍惜？那就假装忘记，假装从来，都不曾失去。

满目空山远 应惜眼前人

浣溪沙
晏殊

一向年光有限身,等闲离别易销魂。酒筵歌席莫辞频。

满目山河空念远,落花风雨更伤春。不如怜取眼前人。

都说人生似一场虚幻的梦,然而梦里梦外,都是真实的自己。每当看到夕阳沉没,看到草木凋零,看到依依送别的人们,就感觉,是一场戏的落幕,一段故事的结束。此时就会想起晏殊词里的一句"不如怜取眼前人",出自于他的《浣溪沙》。轻吟一遍,心中的柔软就增添一分,仿佛所有虚妄的努力,茫然的追求,到最后,都与心相违,都不过是,为他人作了嫁衣。不如珍惜可以把握住的光阴,怜惜眼前的人和事,只需要给一份寻常的偎依,这样才可以省略去那些无由的风雨。

不如怜取眼前人,这样一句话,必定是一个经历了春花秋月,经历了悲欢离合的人,才会生出的感悟。看过了人间冷暖,四季更迭,在岁月的历程中患得患失。感叹生命易逝,年华易老,平静下来,便悟得这么一句:不如怜取眼前人。这句词,带着一种淡淡的无奈,也暗示人生当及时行乐,不必好高骛远,也不可任意蹉跎。好好珍惜可以把握住的机遇,怜惜一直陪伴在身边、不离不弃的人，就是幸福。做不到人淡如菊的从容，却也是安于现状的平和。

这阕《浣溪沙》，虽是伤春之作，又寄寓别离，却写得波澜不惊。情怀深刻，语言明净，别有韵味，没有一般伤春之词的哀怨浓愁，多一份温婉清淡。这也是晏殊词的风格，他所著的《珠玉词》，没有长调慢词，全是小令。《宋史》说他"文章赡丽，应用不穷。尤工诗，闲雅有情思"。可见他的词格调清雅，富有风情，没有雕琢，皆为即景而写。晏殊的词集里，没有一首次韵之作，他填词，只为抒发自己的真性情，似一曲弦音，随着意境而流淌。他的词，没有羁旅愁苦，也不见太多的儿女情长，纵是有悲戚伤怀之作，也是人生中共有的无奈。比如，年光的流失、世事的无常、山河的变迁等，这一切，和每个人息息相关。他的名句"无可奈何花落去，似曾相识燕归来"，要表达的就是这种人生不可避免的命运。

出生在临川才子之乡的晏殊，自小聪明好学，五岁能诗，有神童之美称。江南按抚张知白闻知，极力举荐进京。次年，十四岁的晏殊入殿参加考试，脱颖而出，受到真宗的嘉赏，赐同进士出身。之后，平步青云，官居宰相，一生显贵平坦，纵有小的波折，也一笑而过。《宋史》本传说："自五代以来，天下学校废，兴学自殊始。"他惜才、好贤士，范仲淹、韩琦、孔道辅等都是他提拔推荐的。这样一个坦荡之人，自有豁达的心胸，不拘泥于狭隘的思想，不为俗物所纠缠。都说文如其人，一个人的文字，可以品出其心性和胸襟。但一个没有宽大襟怀的人，没有明净思想的人，也断然写不出清澈醒透的文字。只能在文字逼仄的窄巷里，走走停停，找不到出来的路。

他起笔就感叹"一向年光有限身"，这么直接，在刹那就撼人心魄。让我们都明白，年光的短暂，生命的有限，看着似水光阴淙淙流淌，我们是这样的无能为力。是的，春光就是这般易逝，盛年转眼就不见了，我们只能从容地迎合自然规律，因为任何的抗拒，都是徒劳。他说"等闲离别易销魂"——别离不过是人间最寻常的事，就像是一则故事的剪影，带着些许伤感的情节，但也是恍然而过，稍纵即逝。感叹是多余的，倒不如对酒当歌，自遣情怀。叶梦得《避暑录话》载，晏殊"惟喜宾客，未尝一日不宴饮，每有嘉客必留，留亦必以歌乐相佐"。从文字中，可以看出，晏府里总是宾客如云，晏殊是洒脱之人，他懂得及时行乐，聊慰有限之生。

然而人生没有不散的筵席，虽说散了会聚，聚了会散，却总是无端地尝尽悲喜。记得《红楼梦》里说宝玉多情，喜聚不喜散。而黛玉无情，喜散不喜聚，缘由是，聚时欢喜，散后冷清，莫如不聚不散。然而，黛玉又是否真的是无情之人？她应该比宝玉更深情，因为她深知聚散无常，在不能改变的时候，莫如持一份淡定在心里。每个人对待人生的方式和态度不同，清淡之人，自怀清淡之心。林黛玉寄人篱下，自有难言的凄苦，不敢对幸福有太多的奢望。晏殊一生显贵，他有足够挥霍的资本，他的人生，不需要为谁负累，只为自己而活，活得纯粹，活得洒脱而自在。

筵席散了，一种繁华后的寂寞，顿袭心头。"满目山河空念远，落花风雨更伤春。"若此时登楼，放眼辽阔的山河，徒然地怀思远去的故人。若是独处于窗下，看院内繁花疏落，反添了伤春之感。莫如怜惜眼前的人，这里眼前的人，指的是一直陪伴他左右的人，也许是歌女，也许是亲人。也代表他所拥有的一切，财富、机遇、旖旎而安稳的日子。这些所能抓得住的真实的生活，才需要好好珍惜。

不如怜取眼前人。这一句取自唐代传奇，元稹撰的《会真记》，又称《莺莺传》。崔莺莺写给张生的诗中："弃掷今何在，当时且自亲。还将旧来意，怜取眼前人。"这在后来元代王实甫的《西厢记》里也出现过。晏殊结句处，用这句诗，即转即收，可谓精致巧妙。

一个简单的道理，也许有些人，一生也悟不到它的真意。明明已经拥有了人生最平淡、最朴素的幸福，却不知道珍惜。总希望将自己抛掷到滚滚红尘，在浪涛里去打捞，那些虚幻而华丽的梦。为难以企及的名利，为不可获得的爱情，为华而不实的荣耀，付出惨痛的代价。却辜负了，一生默默相随的人事。流光易换，淡如云烟，应记取：满目河山空念远，不如怜取眼前人。

也曾年少 误了秦楼约

千秋岁引　王安石

别馆寒砧，孤城画角，一派秋声入寥廓。东归燕从海上去，南来雁向沙头落。楚台风，庾楼月，宛如昨。

无奈被些名利缚，无奈被他情担阁，可惜风流总闲却。当初谩留华表语，而今误我秦楼约。梦阑时，酒醒后，思量着。

一个天涯过客，寄宿在驿站，于寒凉的秋夜，闻到阵阵捣衣声。燕子东归，大雁南飞，只有他，久客异乡，不知何时才能回归故里。也曾在清风明月下畅饮人生，高谈抱负，那些欢情和佳景，仿佛就在昨天，触手可及，却又缥缈难捉，萦绕在心中，未尝一刻忘怀。这样一幅冷隽岑寂的秋夜图，让我们联想到的，是一个仕途失意之人的羁旅情思。他被放逐在秋天的驿道，背上简约的行囊，已没有往昔功贵，只是一点还割舍不下的回忆。

这个人叫王安石，北宋杰出的政治家、思想家、文学家、改革家，唐宋八大家之一。他官至宰相，主张改革变法，被列宁誉为是"中国十一世纪伟大的改革家"。他提出了"天变不足畏，祖宗不足法，人言不足恤"的思想。这样一个伟人，不难想象，他的昨天，有过怎样的辉煌。有人说"不畏浮云遮望眼，自缘身在最高层"是王安石的写照，然而这也只是他思想上的境界，回到残酷的现实，再华美的梦，都会有被粉碎的一天。王安石变法失败，罢相退隐，往日的繁华，就在摘下乌纱帽的那一刻，一笔勾销。没有付诸东流的，是他一生在朝为官的显赫历程，还有那一册沉淀了他才学的《临川先生文集》。

王安石出生于江西临川一个仕宦之家，字介甫，号半山，世称临川先生。临川，也是汤显祖笔下《临川四梦》的临川。这个地方，至今被赞誉为才子之乡，因为王安石，也因为汤显祖，还有曾巩、晏殊等人。我与临川，亦有一段情结，因为它也是我的故土。我才情浅薄，虽不足为道，却为生长在这片诗书盎然的土地上，倍加感恩。有幸去过王安石纪念馆，一睹这位杰出宰相的豪情风采，在他的塑像前，洒一杯桂花醇酿，祭拜他的英灵。也有幸在汤显祖曾经惊梦的牡丹亭园，枕石酣睡，做了一场隔世的游园惊梦。走进临川，也许未必会成为才子，但一定能沾染到它明净的性灵。

这首《千秋岁引》的创作年代不详，但从词调上不难看出，应该是王安石推行变法失败，罢相退居金陵后的晚年作品。这样一位风云人物，想着兼济天下，又希望可以独善其身。当他将种种改革方案呈现在百官面前，他的变法，无疑触犯了那些大官僚的利益，使得不少皇亲国戚和保守的士大夫结合起来，极力反对变法。孤立无援的时候，他就像远航的孤舟，迷失在苍茫的雾海，找不到停泊的港湾。我始终认为，处身在政治的旋涡里，可以做到及时的激流勇退，方不失为一个睿智果敢的人。王安

一三四 相思莫相负

石罢相退隐，一半是局势所迫，立身悬崖，无路可走；一半则为他身处迷雾，却心性澄明醒透，自知不能力挽狂澜，不如悬崖勒马，退一步海阔天空。

红尘梦醒自知归，归来时，一壶酒，一张琴，一把剑，做个闲隐的高士。才看过繁花谢幕，又闻秋夜捣衣声；才脱下锦绣官袍，又身着粗布素衣；才离开豪宅府邸，又寄身天涯驿馆。人生就像是一盘下得散乱的棋，还没有来得及享受过程，就被迫仓促地分出胜负。虽然开始有过预测，但面对突如其来的结局，难免有些慌乱，心态持平后，依旧会生出寥落之感。此时的王安石，正处于这个由盛转衰，由成至败的阶段。他一生叱咤风云，所惊起的浪涛，又岂是一朝半夕能够平息的？纵是千年后，那场宋史风云，依旧被世人津津乐道，那个叫"王安石"的千秋故事，依旧缓缓流传。所以他无法彻底地平静，午夜梦回，他忘不了苦心经营多年的政绩，忘不了故乡的月明，更忘不了，曾经海誓山盟的红颜。

"无奈被些名利缚，无奈被他情担阁，可惜风流总闲却。"两个无奈，道尽他不为人知的辛酸。这一生，都被名利困锁，牢牢束缚，为了世情俗态，耽搁了自己本该闲雅的生活。只可惜，将风流韵事轻轻抛掷，到如今，想要回头，似乎为时已迟。"当初谩留华表语，而今误我秦楼约。"这一句，道出他真正的心声，当初许下的约誓，没有如期兑现，辜负了在秦楼苦苦等待他的红颜。无限怅然，有如李商隐的名句："此情可待成追忆，只是当时已惘然。"人的一生，似乎总是在错过后追悔，得到时又怕烫伤了手。想起席慕容的诗："其实我们一直都在错过，错过昨日，又错过今朝。"那场秦楼之约，已成了今生未了的约定，梦里红颜，早已嫁作他人妇。

人生就像一场大梦，梦回酒醒，思量前程过往，自是心痛得无以复加。世情浑浊，众人皆醉，也许只有历经沧桑的人，才能醒透。南柯一梦，只有从梦中醒来，才知是做了一场梦，而梦中的人，永远不会知道，醒来时要面临的又会是怎样的现实。每个人，都被情牵系一生，那些被忽略的情，被搁浅的缘，其实没有真的离开。曾经功名显贵的王安石，到老的时候，怀念的，终究还是一段年少的风流情事。

也曾写下豪情慷慨的《桂枝香·金陵怀古》：千古凭高对此，漫嗟荣辱。六朝旧事随流水，但寒烟衰草凝绿。至今商女，时时犹唱，《后庭》遗曲。

这首词被赞为咏古绝唱。然而这首《千秋岁引》凄丽柔婉，情真动人，抒发了功名误身、当及时退隐的慨叹。

江湖老去，山河不改当年。在一个寒凉的秋夜，我们似乎，看到一个白发老者，在淡淡的月光下，找寻着他年轻时错过的情缘。只是，山重水复，流年已换，他还能赶赴那场，曾经失期的约会吗？

何处合成愁 离人心上秋

唐多令　吴文英

何处合成愁？离人心上秋。纵芭蕉不雨也飕飕。都道晚凉天气好；有明月，怕登楼。

年事梦中休，花空烟水流。燕辞归、客尚淹留。垂柳不萦裙带住，谩长是、系行舟。

任何节气我都会忘记，唯独立秋，我忘不了。也不是因为我对秋天有着怎样难以割舍的情怀，而是一种习惯，我喜欢闻秋天的味道，一种寥落的凉，一种神伤的美。流年如水，这么多年，我早已学会了平静看四季荣枯。我喜欢秋天萧然的况味，也喜欢春天初绿的清新，夏日葱茏的翠意，还有冬天岑寂的苍凉。但是秋季，却总是那么让人死心塌地，它可以惹得芸芸众生都来感伤，可以让人心甘情愿地接受离别。

秋天，有着伤感而清澈的离别，就像落叶一样的静美。第一次读"何处合成愁，离人心上秋"是从一个比我大几个年级的学姐那里听到的。她在校园的一株梧桐书下，捧一本宋词，轻声地读着。我恰好打那儿经过，她招手唤我，或许她知道我骨子里也喜欢文字。她说："你知道吗？宋词里，我最爱的就是吴文英的这首《唐多令》其中有一句，何处合成愁，离人心上秋，道尽了愁的滋味。"当时我还是个小女孩，并不能体会太多，但我清楚地明白，"愁"字的由来，是离人心上秋。后来我才知道，她与她相恋的男生，永远地别离了，就在秋季。

再后来，她又说起了林海音的《城南旧事》，她说我像那个小英子，有一双清澈的、会说话的眼睛。而后低低地唱起了李叔同的《送别》："长亭外，古道边，芳草碧连天。晚风扶柳笛声残，夕阳山外山。天之涯，地之角，知交半零落。一壶浊酒尽余欢，今宵别梦寒……"几年后，我看了《城南旧事》的影片，就再也忘不了小英子的那双眼睛，那种清纯，就像秋天碧潭的静水，明澈见底。而那首《送别》在影片里唱着，仿佛在讲述城南老去的旧事，牵引出观众内心潮湿的感动。无言的背影，让我想起那个贞静的女子，在梧桐树下，轻读吴文英《唐多令》时的情景。时光流转太快，一恍十年之多，我和她再也没有相见，但我知道，她早已开始另一段故事，并且也是在秋天。

当年吴文英写这阕《唐多令》是和挚友在秋天分离，起句就巧妙地写出，"心"中的"秋"，合成的一个"愁"字。纵是没有雨，院内的几株芭蕉，也在风中诉说秋声，平添如烟的客愁。在秋天的清凉里，可以看到天空，几朵白云的寂静；看到荷池，几枝莲心的简洁；还有草地上，几枚落叶的安宁。夜凉如水，有清澈的朗月挂在中天，而词人却不敢登楼，怕勾起无边的往事，惊扰他那颗本就善感的心。因为这是一个令人易感的季节，思绪一旦释放，任谁也无法收敛，只能沉陷。

吴文英，南宋词人，字君特，号梦窗。"梦窗"这两个字，给人无限的想象，诗意而美好。我想着，吴文英应该是一个风骨清朗的书生，眉宇带着一种飘然遗世的清愁。因为他一生未第，闲游终身，于苏州、杭州、越州三地居留最久。虽是漂游，但是在长满闲情的江南，他的心，一直都是纯粹的。也有落魄，也有低沉，也有寂寥，可每次被江南的微风细雨，都卷入飞花的梦中。世人对他的《梦窗词》评价极高，黄升并引尹焕《梦窗词叙》云："求词于吾宋者，前有清真，后有梦窗。此非焕之言，四海之公言也。"沈义夫《乐府指迷》亦谓"梦窗深得清真之妙"。陈廷焯《白雨斋词话》卷二云："若梦窗词，合观通篇，固多警策。即分摘数语，每自入妙，何尝不成片段耶？"近代词论家多以姜词清空、吴词密丽，为二家词风特色。

我对他的词，了解不深，唯独这首《唐多令》，牵系着一份秋天的愁绪，不能忘怀。词的下片，写他感叹年华往事，似水流走，而他客居他乡，经历无数次的离别。每一次挥手，似乎总在秋季，山长水阔，相逢不知是几时。这里的离别，虽是与友人，但是像他这样的才子，生命中一定有过不少的红颜知己，他和佳人，应该也有过这样的别离。在清凉的秋天，红衣褪尽的莲朵，似那远去红颜，感伤中，带着宁静。

寂夜里，听一曲《送别》，感受芳草连天的悠远，晚风拂柳的轻柔，还有知交半零落的怅然，以及浊酒尽余欢的清寒。偶然看到一个友人的签名，写着一句话：又是一年秋凉时。顿觉触目惊心，因为，多年前，我也写下过这么几个字，一种叠合的感动，打湿我的双眼。其实，今天才立秋，未到秋凉之时，可是一看到这个秋字，就让人感到一种凉意，从风中缓缓地飘来，在离人很远，又离人很近的地方，将我们等待。

夏虫没有与任何人告别，仿佛在一夜之间销声匿迹，带着夏日未了的梦，隐身而去了。而我们，也在这莫名的空落里，感到寂寥。过往被储藏的往事，如陈年窖酿，在秋天来临的时候，悄悄开启。一缕凉风，一片落叶，一棵枯草，都会萌动我们的思绪，因为只有在秋天，才可以肆无忌惮地怀旧，毫不顾忌地沉沦。

叶子就是在这个季节飘落，将所有的过往堆积，慢慢地收存昨天的记忆。我们只需要在每一次别离的时候，拾起一枚落叶，祭奠那些逝去的年华和故事，待到生命行将终结的时候，数一数，究竟积攒了多少枚秋天的愁绪。无论是怎样的结局，我们都承受得起，所以没有多少人，在秋天的路口，等候春天的消息。

何处合成愁？离人心上秋。今日立秋，没有离别，只有一阕《唐多令》，一段城南旧事，和往年一样，在记忆深处，如约而至，并且，还会相伴到永远。一段心事，瘦与黄花，低眉提笔，以此为记。

第六辑
Chapter · 06

任是无情也动人

相思一种 已廿年

鹧鸪天 姜夔

肥水东流无尽期,当初不合种相思。梦中未比丹青见,暗里忽惊山鸟啼。
春未绿,鬓先丝,人间别久不成悲。谁教岁岁红莲夜,两处沉吟各自知。

  我应该在微风的清晨,读一个词人的故事,才不会惊扰他尘封了千年的相思。我想我只需借着流光的影子,一路寻找,途中无论有多少次转弯,都不会走岔。我记得他的名字,他叫姜夔,生于南宋,终生未仕,辗转江湖。他人品秀拔,骨骼清朗,白衣胜雪,恍若仙人。他工诗词,精音律,善书法。他的词,最深得人心,言辞优美精妙,风格清幽冷隽。他在年老的时候,填下这阕《鹧鸪天》,是为了追忆年轻时一段铭心的爱恋。

  追忆是什么?追忆其实就是为那些已经失去的光阴招魂。姜夔早年客居合肥,与一对善弹琵琶的姐妹相遇,从此和其中一位结下了不解之缘。但最终他们并没有长相厮守,结为连理。姜夔给出一个很慈悲的理由,他为了生计,不得不漂萍流转,唯恐连累了佳人,给不起她想要的安稳。而这位美人,又是否真的怕受累,宁可将情感冰封,也不愿追随爱人天涯?千年前的真相究竟如何,或许只有琵琶上的几根琴弦,和那缓缓东流的江

一四四 相思莫相负

水知道。

许多事,明明已经落满尘埃,却总有人要假装记忆犹新。以为这样,自己就是那个对时间最忠贞不二的人。我们既然已经辜负了昨天,又何必还要向明天起誓?所谓去留无意,宠辱随缘,也只是给菲薄的流年,寻找一个软弱的借口。可一个善感的词人,总是会旧情难忘,无论过了多少年,一片霜叶,一曲弦音,一滴露水,都会撩开他心里的秘密。捧读姜夔的词,我为自己对他的猜疑感到惭愧。尽管,他没有将红颜拥入怀里,死生契阔,执手同老。至少那位佳人,是他情感的最初,也是最后所托付的女人。

在悲欢交集的人生里,我们总是做那个弱者,自以为巧妙地布置好了一切,却在最后的时刻逃开。明明知道守不住誓约,又还要频频地许下,甚至是一株平凡的小草,也希望它记住你的好。而自己想要遗忘过去,害怕会有不知名的债突然跑出来,逼问自己偿还。而姜夔,为一段不能继续的故事,付出了经年的相思,哪怕等到山穷水尽,也未必会给他一个圆满的结局。面对匆匆而逝的时光,我们不必伤感地求饶,就算抓不住当下的美好,至少还有回忆,供你我自给自足。

光阴恍惚,一过已是廿年。他想起悠悠东去的肥水,想起他在合肥的那段爱恋,怪怨自己不该种下那段相思情缘,惹得这么多年,痴心不改。现实中的我们,总以为,种下了同样的红豆,就可以结出同样的相思。却不知,阳光和雨露也会偏心、也会疏忽,结局往往是,一颗已红似朱砂,一颗还绿如青梅。他说,少年情事老来悲。心就像离了岸的船,在江湖浪迹，始终找不到停泊的港湾。"梦中未比丹青见，暗里忽惊山鸟啼。"他在梦里和伊人相见，可是缥缈恍惚的梦，还不如在丹青图中看得真切。一声鸟啼，惊醒梦境，这时连一剪迷离的幻影，也无处寻见了。

"春未绿，鬓先丝。"相思又是一年，春梅在枝头绽放，绿叶还不曾长出新芽。而词人，漂泊四海，已被流光染上两鬓风霜。年年春光依旧，而赏春的人，却仓皇地老去。那些落去的花瓣回不到枝头，就像老去的人回不到少年。不知道这世间，有什么花不需要阳光和雨露；也不知道这世间，有什么人不需要梦想和情感。有时候，深深牵系的，却是一些不值一提的琐事。那些不能相忘的记忆，反被自己随意地抛掷在年轮的光影里。

他叹，人间别久不成悲。难道真的是因为别离了太久，让那颗易感的心也变得木然了，木然到连悲伤都不会。还是离别的疼痛，被岁月沉积在深处，那用了多年，都没有彻底结痂的伤口，已经不敢轻易碰触。毕竟，几十载的光阴，是点滴的日子积累而起的，又岂是一个挥别的手势，就可以将一世悲喜仓促地带过？每个人来到世间，都有一个神圣的使命，看似在渡化别人，其实是拯救自己。承诺就是一本无字之书，你想要兑现，就要亲笔去将它填满。你以为给自己找到了幸福，却不知，这幸福安置在别人身上，更加合适、更加圆满。

"谁教岁岁红莲夜，两处沉吟各自知。"这里的红莲夜，指的是元宵的灯节，花灯似红莲，在良宵璀璨绽放。在元宵赏灯的人，虽然相隔千里，隔了数载光阴，彼此却依旧，品尝着同一种相思的况味。李清照有词吟"一种相思，两处闲愁"，所表达的，也是这样的情愫。就这样遥遥相望，谁也不去惊扰谁的平静，只要不眨眼，就可以在目光里看到彼此的影子。如果有一天，影子消失了，那么一定要，收集起所有细碎的记忆，然后放一把火，将它们烧成灰烬。让对方怎么也找不到埋怨自己的证据。

我读这首《鹧鸪天》，看似心情起伏，其实无比平静。就像姜夔的相思，不艳丽、不浓烈，有一种洗尽铅华的韵味。人生是一场镜花水月的梦，虽然从一开始，就意味着踏上迷途，可是有山水为你做伴，有日月为你掌灯，饿了采相思为食，累了枕回忆而眠。如果邂逅一段缘分，就将真情托付出去。假如没有，就做一味叫"独活"的药，空走一趟红尘，又何妨。

艳冠群芳　任是无情也动人

南乡子　秦观

妙手写徽真,水剪双眸点绛唇。疑是昔年窥宋玉,东邻;只露墙头一半身。

往事已酸辛,谁记当年翠黛颦?尽道有些堪恨处,无情;任是无情也动人!

初次读"任是无情也动人"这句词,其实是在《红楼梦》里"寿怡红群芳开夜宴"这一回,行酒令时宝钗掣得一支签,签上画了一枝牡丹,并附有一句诗:"任是无情也动人。"当时觉得这句诗用在宝钗身上,实在是绝妙。

薛宝钗是大观园的冷美人,她穿着不见奢华,唯觉淡雅。她服冷香丸,清冷的幽香,给人一种迷离的美。她少言寡语、明哲保身,对人不亲不疏、不远不近。她对世事人情早已看透,却用一颗清醒的心,冷冷地看着别人沉醉。总之她就是这样一个山中高士,冰雪美人。

她丰腴的肌肤、华贵的气度,与花王牡丹相配。在大观园,她是艳冠群芳的蘅芜君,林黛玉是世外仙姝寂寞林,是一朵永远凝露的芙蓉。到后来,我才知道"任是无情也动人"出自于晚唐罗隐《牡丹花》之句"若教解语应倾国,任是无情也动人"。冷艳无情的薛宝钗亦有她动人之处,她的美貌、她的才华、她的修养,还有她的沉稳,是诸多女子所不能及的。然而,这样一个聪慧的女子,纵是无情,也抵不过金玉良缘的宿命,大好的一生误在了贾府。

这首词里的"任是无情也动人",与《红楼梦》中用得有异曲同工之妙。秦少游是北宋婉约派词人,他的词多写男女情爱和抒发仕途失意之感慨,文辞清丽婉转、音律谐美、情韵深浓,经久耐读。其中描写男女爱情部分,大多写青楼歌女,情意深切,悱恻缠绵。他的千古名句"两情若是久长时,又岂在朝朝暮暮"至今仍被人吟咏。然而,看似情深,又似乎有些差强人意,就像是给一段离别,找一个美丽借口。

词中写的是崔徽。画像中的崔徽,一名多情的歌妓。"水剪双眸点绛唇",眼似秋波,脉脉含情,朱唇一点,胜似桃花。这样一位绝代佳人,被画匠用其妙手丹青描进了画中,任世间风尘起灭,她却拥有永恒的美丽。更有人以为,崔徽取丹青素笔,对着菱花镜,临影子淡扫轻描。画云鬟双眉,画春容柳腰,再描七分曼妙,三分冷傲。

画里的崔徽似半掩的荷花,只露了一半身段。秦观说,这模样儿,就像是宋玉东邻的女子,因倾慕宋玉的容貌与才情,便登墙偷望他有三年之久。每次墙头遮去了她半身玉体,只能露出她翠羽之眉,如雪肌肤。我就不明白,这样一位妙龄女子,既有登墙窥探之胆色,又为何不敢翻越那一墙之隔,和宋玉吐露衷肠。而宋玉?又怎会不知邻女对自己的倾慕之情,堂堂男儿,竟忍心一个女子为他登墙三年。我宁愿他们,在月上柳梢时,可以人约黄昏后。也许那样，成就的又会是另一段佳话了。只是，邻女长久地等待和隐忍，到最后，换来的也只是一声叹息。若她无情，只在隔院的秋千架上看自己的风景，爬满藤蔓的重门终年落锁，素手焚香抚琴，也许登墙窥探的人，会是悲秋的宋玉。她微恼地游荡在院中，那冷傲的风姿，纵是无情也动人了。

而此时的秦观，又怎么不是对美人的窥探？只不过他无须登墙偷窥，可以立在画像前，任意地端详崔徽的神情和姿态。久而久之，这位风流才子难道不会对画中人生出一丝情愫？传说中，秦少游和苏小妹有过联诗对句酬姻缘的佳话，是否属实，已无从考证。但历史上有记载，他的正妻是一个叫徐文美的女子，和他同乡，是江苏高邮人。但她或许不是秦少游钟情的女子，因为他不曾为她填词写句。反而青楼歌女，却赢取他的爱情。他为营妓楼东玉填过一首《水龙吟》，为名妓陶心儿赋词《南乡子》，皆是柳月花边，无比多情。他写香囊暗解，罗带轻分，他与佳人分别，就说两情久长，不在乎暮暮朝朝。这一切，都应和了一句，动情容易守情难。

"往事已酸辛，谁记当年翠黛颦？"崔徽这般绝色女子，身为歌妓，自是有一段辛酸往事。当年眉黛含颦，无限心事，也被画师描进了画中。崔徽是歌妓，与一个叫裴敬中的男子一见倾心，相爱数月，后裴敬中离去，崔徽身不由己，无法相从。几月后，裴敬中的密友知退来访，并有一名叫丘夏的人善写真，知退为崔徽请来丘夏，为其写真，果得绝笔。崔徽持画给知退，并对他说："见到裴敬中，就告诉他，'崔徽一旦不及卷中人，徽且为郎死矣'。"一语成谶，不久后，崔徽病了，形容憔悴，已不复旧时容颜。再不久，她死了，死于相思。

红颜已薄命，再看画中人，顾盼含笑，楚楚动人，令赏画的秦少游心生怜惜。他有心相惜，可是丹青不解语，纵是解语，崔徽此心也只为裴敬中，又是否会与别的男子而再动情呢？画上崔徽，花容月貌，可是触摸上去，没有温度，她只是被封存在纸上的冷美人，已不解情愫，无关风月。可秦少游对着这不解语的牡丹花，仍叹息道："无情，任是无情也动人。"只一句，不知打动多少人的柔肠。

这世间，唯情动人，唯情感人。人生长恨，多少人，为情而生，为情而死。画中的崔徽，不是无情，而是深情若许，只是丹青妙笔，可以留驻红颜佳色，却描不出她的一往情深。寄身大观园的薛宝钗，又岂会是一个真正的冷美人，只不过，没有人看到她夜半不寐，相思如雨。她知世情难测，深邃如海，不敢去爱，只将一颗真心冰封。她知人生萍聚，云烟万状，转瞬皆是空幻。倒不如无爱无恨，做个无情之人，反比多情的人更让人心动。

然而，何谓有情？何谓无情？就像我们，至今也无法知道，究竟是流水辜负了落花，还是落花辜负了流水。

一位淡泊隐士的爱情

长相思　林逋

吴山青,越山青。两岸青山相送迎,谁知离别情?
君泪盈,妾泪盈。罗带同心结未成,江头潮已平。

至今为止,我还是相信,隐士林和靖在年轻时,有过一段铭心的爱情。也许他爱的只是一个寻常的女子,也许他们之间有着平淡的故事,而这一切,就像浮云萍水,聚散都只消刹那。我们只记得,他隐居西湖,结庐孤山。只记得他,不仕不娶,梅妻鹤子。在他这首以女性口吻而填的小词里,依稀可以找寻到一些回忆,以及在他的坟墓中,所看到一方端砚和一支玉簪,又似乎尚存一些昔日的痕迹。其实,千百年了,一切都相安无事。我流淌的笔墨,并不是想去探寻什么、证实什么,只在时光的崖畔,看一段水云过往。

摊开历史的长卷,我们所知道的永远都是一些浅露的表象,那些真实存在过的点滴,都随着昨日逝者,埋葬于尘土。只留着这些未亡人,在岁月的河流,划桨打捞,捞起的也不过是破碎的片段。回澜拍岸,虽掷地有声,浪花潮湿了记忆,蒸发过后,依旧无痕。梦醒难入梦境,弦断难续弦音，时光泛滥，却不会重叠，我们不必等待那些无望的重来，因为还有足够多的开始。倘若林和靖当年娶妻生子，过着平凡的生活，也就不会有那段梅花往事、放鹤传说。而我们在孤山，又是否还能寻到一丝明净与淡泊？

放鹤亭中，一曲长笛吹彻千年诗韵。在杭州孤山，住着这样一位白衣卿相，他叫林逋。历史上说，他通晓经史百家，性孤高，喜恬淡，不趋名利。他的一生，几乎没有出仕的记载，在他年轻的时候，就闲隐山水，不问春秋。他常驾小舟遍游西湖寺庙，和高僧诗友往来，参禅论文，烹茶煮酒，徜徉清风，醉卧白云。每逢孤山客至，有门童纵鹤放飞，林逋见鹤必棹舟归来，一蓑烟雨，一怀明月，不染俗尘。就是这样一位不仕不娶、以梅为妻、以鹤为子的隐者，也同样有着不为人知的前尘往事。

一阕清词，一支玉簪，像是他朴素人生里，最华丽的表达。总是有人，想在他平静的岁月里添上一段凄美的爱情。却不知，他生性淡泊，不与凡尘有太多的纠缠。纵算爱过，也是出自于人性的本真，没有谁认定一个隐士就该无欲无求。我相信，他以女性口吻写下的《长相思》，一定和他的情感历程有关。也曾有过"死生契阔，与子相悦；执子之手，与子偕老"的心愿，只不过这段缘，来时如露，去时如电，没有在他生命中停留太久。他的心性，注定他此生长隐山林，漠然世事。

"吴山青，越山青。两岸青山相送迎，谁知离别情？"两岸青山，千万年来，以同一种姿态相看遥望，看过多少舟帆相送，萍聚萍散，似乎总是那么的含情。而此际，见一对情人在流水江岸，依依作别，难舍难分，它们却依旧只顾渡口的行人归客，对他们的离情别绪，却视若无睹。其实，这两岸青山，早已许下过不朽的盟约，它们所看的，只是这些往返的风景。至于人间寒暑，花落花开，百年甚至千年的时光，它们都不闻不问，更何况只是这一对平凡的恋人？他们的悲喜，薄似飞花，轻如落叶，怎么可以撩起青山万古不变的沧桑？

"君泪盈，妾泪盈。罗带同心结未成，江头潮已平。"钱塘江水更是无情，它不管不顾这一对情人热泪盈盈，也不等他们将同心结打好，把定期说妥，就涨起大潮，催着行舟早发。此番涉水而去，不知何日是归期，纵是许下了誓言，又拿什么来痴守？不知为何，我读到这儿，有种预感，只觉这次离别，是覆水难收。他们之间，再也无法于最深的红尘里重逢。这是宿命。青山绿水的宿命，是看过沧海桑田依旧容颜不改；人的宿命，则是尝尽悲欢离合，接受生老病死。一程山水，一份荣辱，一段幻灭，若起先没有多情的相许，此时的无情也算不上是相弃。

看到"罗带同心结未成"，就会想起《红楼梦》。越剧《红楼梦》里，有很好的唱词："休笑前人痴，由来同一梦。绣金翠袖，难揾悲金悼玉泪。菱花镜里，谁拥旷世情种。罗带同心结未成，鹊桥长恨无归路。红楼今犹在，唯有风月鉴空。"这里的"罗带同心结未成"，说的是宝黛二人，也许还有尤三姐和柳湘莲，又或者包括司棋和潘又安，以及那些同心却没有完美结局的有情人。是命运之绳将他们束缚，空有情缘，却无分相依。眼睁睁

一五四 相思莫相负

看着叠合的心被拆散,相扣的十指被剥开,表象完美,看不到内在的鲜血流淌,彼处已刺骨锥心。人生,总是因为有这些遗憾,才有残缺的美丽。倘若都是四季繁花,清风朗月,又如何去品尝冷暖不同的况味?

林和靖乘风逐浪,埋迹孤山,不管青山是否依旧,潮起又是否潮平。无论他的心,是否真的放得下,这一切,他不必给任何人解答或者交代。那泪湿裙衫的女子,转身之后,可以嫁作他人妇。谁又敢断言,平淡的婚姻注定不会幸福?命运既是给过你取舍,无论结局是对是错,都要坦然相待。幸福对许多人来说,都只是一个奇迹,我们的责任,是活着。在无限的时光里,有限地活着,除了随遇而安,似乎别无他法。我们的心,既是比不过山水的深奥和辽阔,又为何不去融入它们,做一株平凡的小草,一朵安静的浪花,在沉默中,幻灭与共。

他不孤独,他有梅妻,有鹤子,有高僧一起参禅,有诗友共剪西窗烛。一生很短,一生也很长,几十年倏然而过,却凝聚无数日月风霜。他闲隐孤山,梅花冷月,一世清凉。从前的事,记得的不是很多,却也未敢轻易相忘。如果放弃繁华,选择寂寥,也算是一种过失,那么那一阕清词,一支玉簪,也足以聊慰他平生之憾。

镇相随 莫抛躲

定风波　柳永

自春来、惨绿愁红，芳心是事可可。日上花梢，莺穿柳带，犹压香衾卧。暖酥消，腻云鬟。终日厌厌倦梳裹。无那。恨薄情一去，音书无个。

早知恁么。悔当初、不把雕鞍锁。向鸡窗、只与蛮笺象管，拘束教吟课。镇相随，莫抛躲。针线闲拈伴伊坐。和我。免使年少，光阴虚过。

多少年华，多少情爱，被我们毫不吝惜地抛掷。每当读到这句"镇相随，莫抛躲"心中都会生出一种无言的怅叹，仿佛总有些什么遗憾，是我该自省。多少人，在苍绿的岁月里，悔不当初。以至于，都想寻找一种叫"后悔"的药，认为服下去，就可以重头来过。就算回不到少年时，也要给自己一个改过自新的借口。写下这句词的人，叫柳永。他的一生，将浮名换了浅斟低唱。他的一生，倚红偎翠，恣意尽欢。那么多流连于烟花巷陌的多情才子，也许只有他，敢站在朗朗乾坤下，大声地说："我风流，但我没有辜负。"

柳永，原名柳三变，又称柳七。他的一生，似乎都在失意中度过，满腹才学，得不到赏识。几次科试皆落榜，一恼之下，写了《鹤冲天》，宣称"忍把浮名，换了浅斟低唱"。你皇帝老儿，不让我及第做官，我便不做官，又奈我何。宋仁宗知道后，便给了批示：好吧，此人留恋风月，要

相思莫相负

浮名作甚？那就去烟花柳巷填词吧。于是，柳永自称"奉旨填词柳三变"，并以"白衣卿相"自许。此后，他日夜流连于风月场所，和青楼妓女卿卿我我，在词坛上叱咤风云，有云"凡有井水饮处，皆能歌柳词"。

那时候，寻常巷陌，无人不知柳三变。因为他毫不吝啬自己的笔墨，受到了许多青楼歌妓的青睐，她们视他为知己，因为只有柳永以心相待，从来不会侮辱她们的人格。反而怜香惜玉，珍惜彼此在一起相处的情义。他自负风流，怀才不遇，倒不如醉倒在温柔乡里，在胭脂水粉里找寻知己红颜。而她们，将温暖的怀抱腾给世间男子，却从来换不回真正的安定。这些深感世情苍凉的歌妓，能在寂寞时有一位多情才子相陪，自是解了无数愁烦。

印象中，柳永的词，最为出色的当是那首《雨霖铃》。一句"多情自古伤离别，更那堪、冷落清秋节"，不知道给世间男女带来多少的感叹。他对秋天情有独钟，以悲秋的宋玉自比。可这首《定风波》却是为那些沦落在社会底层的风尘女子而写。表达出他对这些歌妓的无比怜惜，有一种悲悯，叫懂得。他以心交换，所以他懂得其间的寂寞和酸楚。他将自己沉溺于秦楼楚馆，和她们携手相伴，为冷暖江湖添了多少妩媚和传奇。

"自春来、惨绿愁红，芳心是事可可。"这是一个被情人抛弃的歌妓，她的不幸，也是千万个青楼女子的不幸。本是桃红柳绿，于她，却是愁惨。一颗芳心，竟是这样无处安放。红日高照、莺歌燕舞的人间，她却无意观赏，沉溺在绣被里，恹恹庸庸。相思让她病，让她形容憔悴，丢弃了胭脂水粉，搁置了翠玉珠钗。忍不住怪怨那薄情之人，就那样一去，杳无音信。是被世事缚身，难以解脱，还是早已将这段情缘抛掷脑后，在另一处烟花巷，怀抱美人去了？

"早知恁么。悔当初、不把雕鞍锁。"早知会有如此境况，悔不改，当初不将他留住两个人，在一处，他读书写字，她闲拈针线，温存相伴，守着现世安稳，静美无声。多么痴傻的女子，她以为，当初只要她启齿，就可以挽留住一颗放浪不羁的心。她不知道，那多情男子，会留下种种借口，搪塞过去，任何一个简单的理由，她都无法抗拒。她的惊艳，换得来一夜倾城，却换不来一生的相守。就连拴在门口的马儿，都会催促主人，是该起程，因为他无须对一个青楼女子许下任何的承诺。纵是许下了，也可以不必兑现。他自策马扬尘，春风得意。留下她，狠狠地想念，用素心等待一场无期之约。

"镇相随，莫抛躲。"就这样相随吧，莫再抛闪，许我锦瑟年华，与你男欢女爱，不要将光阴无端地虚度。情深如许的女子，难道真的是她过于痴傻，不解平淡的相守，是人间最难求取的幸福？她要的只是安稳度日，为心爱的男子洗手做羹汤，做他荆钗布裙的妻，与他荣辱与共，甘苦相陪。在最深的红尘里烟火相随，波澜不惊的容颜，可以平静地老去。这一切，都是她一相情愿，那曾经与她共赴云雨的男子，早已将怀抱腾出来，给了别人。

我所见过最美的相随，应当是《倚天屠龙记》里赵敏对张无忌的万般情义、生死相陪。在感情上懦弱的张无忌几次三番躲避，甚至对她猜疑、误解，可是赵敏却勇敢地追随，用点滴的时光，让他看清她的爱、她的痴。她为他抛弃高贵的大元郡主身份，不惜与朝廷作对，与父兄作对，把一生的真心和珍重，都给了张无忌。感动至此，让我想起了那句话："只要你要，只要我有。"最后张无忌总算没有辜负佳人，二人携手，远离江湖，居住在没有人烟的冰火岛，相依相守，一生一世。

这是江湖儿女的爱情，美丽、浪漫也悲壮。柳永笔下的青楼女子，亦是如此，甚至更需要勇气，因为她们卑微的身世，就注定了她们苦难的人生。柳永是那个为她们解读风霜的人，将她们悲哀的心事，深情的渴望，付诸词中。他希望那些风流男儿，不要轻易许下诺言，不要轻易辜负佳人。这正是官场失意的文人和痴情的风尘女子，在思想上所产生的共鸣。

他的这首词，不为正统文人所认同，据说，他曾拜访晏殊，晏殊就以这首词中"针线闲拈伴伊坐"相戏。但他的词，却深得市井百姓的喜爱，因为有种毫不掩饰的亲切之情。所以元曲大家关汉卿也将柳词摆上舞台，用另一种通俗的方式传唱这种平凡的情怀。

也因为柳永一生与青楼女子为伍，深刻地懂得她们的悲苦，视她们为红尘中相伴的知音，所以在他死后，那些歌妓，纷纷解囊相赠，凑足银两，将他安葬。这位奉旨填词的柳三变，没有从人间带走什么，却给宋朝的词坛，留下了词的故事、词的传奇。

恨君不似江楼月

采桑子　吕本中

> 恨君不似江楼月,
> 南北东西,
> 南北东西,
> 只有相随无别离。
>
> 恨君却似江楼月,
> 暂满还亏,
> 暂满还亏,
> 待得团圆是几时?

　　诗词的意境,总是那么美妙,有些好的诗或词,随性地翻读,便烙刻在心间,无法忘记。就像某个人,虽是萍水相逢,却可以淡淡地牵怀维系一生。亦如某个人生的片段,往往是刹那的光影,就定格成永恒。每当我看到月亮,无论是新月还是满月,是上弦月,还是下弦月,都会想起这首《采桑子》。一首简洁明朗的宋词,没有华丽的词语,没有纷繁的心绪,也没有太多意象装点,仿佛从头至尾,就看到一个多情女子,和月亮诉说心怀,就再无其他了。

　　她应该有着清丽的容颜、微蹙的眉黛,以及一颗七窍玲珑心,藏着微涩的情怀,和淡淡的愁思。这首词,似乎是那个叫吕本中的词人,对着月亮即吟而成,并且以一个女子的口吻,将相思之情,随意表达而出。就像一首简洁的情歌,看似平淡,却寄寓深刻,别具匠心。让读过的人,可以过目不忘,甚至不再相忘。只要看到了月亮,就会不由自主地想起这首

《采桑子》，有那么一句"恨君不似江楼月"让人生出淡淡地回忆。

史卷上记载，吕本中既是诗人也是词人，在两宋之间，却均数不上第一流。他在少年时的一次戏作《江西诗社宗派图》，尊黄庭坚为主，下列陈师道等二十五人，称之为"江西宗派"。他年少时，有过一段美好的欢情时光，所以闲时爱写诗填词，将情怀寄之于翰墨。他曾引前人论诗的话："好诗流美圆转如弹丸。"说的是，好诗要体现出一种自然流畅之美。

吕本中一生致力于作诗，对填词心性更淡，可是他的词却比诗更别出心裁，独具风味。这位被世称"东来先生"的文人，性情坚毅、气节刚直，在朝为官时，敢于触犯权臣，然而他的词中，却缺少几许坚韧的气韵，多了些细致的味道。后人评他："直忤权臣，深居讲道，而小词乃工稳清润至此。"其实诗词所表达的，只是内心深处某一角落的感想，不是思想的全部。人生百味，世态纷纭，有些人，也许只能深刻地品尝一种味道，在纷繁中，领悟出一个真理。或者说百媚千红中，独钟情于一色。

所以，他会写出这首清新自然、真挚流畅的《采桑子》。就像是长在宋词土壤里的一株清淡的兰草，朴素无华，却幽香萦怀。也像是挂在宋朝天空的一枚弯弯的月亮，纤细柔美又明净清宁。它以平淡清新的风味，在万千宋词里脱颖而出，让我们记得它的巧妙。就如同品尝了一桌山珍海味的菜肴后，单独端上来的一杯清茶，色味皆淡，却经久耐品。这就是吕本中词中之味，他的《紫薇词》里收录的词不多，却耐读，经得起咀嚼和回味。一个人的长相也是如此，也许长得平淡寻常，气质里却透露出一种安静和朴实，让人见了就喜欢，感到亲和。

就是这么脱口而出，"恨君不似江楼月，南北东西，南北东西，只有相随无别离。"写一个南北漂泊、东奔西走的人，总是居无定所，仿佛不能停下匆匆步履。只有江楼月，一直相随，陪伴左右。这里因思君，而成了恨君，心中哀怨无限，仅短短几行字，就已让人体悟出情感的深刻。下片巧妙的转换，将词的意味，轻盈地从一个空间，跳到另一个空间。"恨君却似江楼月，暂满还亏，暂满还亏，待得团圆是几时。"仅是一字之差，恨不得君即刻变成这清朗的明月，可以相伴左右，可明月也总是缺多圆少，想要相聚又岂非易事？这里的"南北东西"和"暂满还亏"重复使用，有一种叠合的美感，加重了情感，也更具韵味。每当读到此，就会想起《西游记之女儿国》那里的片尾曲，其中有这么一句："人间事常难遂人愿，且看明月，又有几回圆。"道尽了人生缘来缘去的无奈。

就是这样一阕看似随意偶得的作品，其实蕴涵了词人无穷的心血。倘若没有铭心的感觉，又怎能写出如此无须斟酌的词句？就好像在静夜里，看到一颗明净的心，在和月亮说话。哪怕隔了千年，那么低的细语，依旧听得很清晰。也许吕本中想要表达的，是一位在远方一直痴等他的佳人，而他漂泊流转，甚至南下逃亡。随着南北宋的划分，年少时的欢爱，和现在恍如隔世，再也追不回来。"只言江左好风光，不道中原归思、转凄凉。"他流落江南，可是在这个"人人只夸江南好"的灵秀之地，他却感觉自己永远只是一个过客。吕本中的祖籍原是安徽寿县，也属南方。但自祖辈起就一直定居在京城开封，他早已将开封当做了自己的故乡。

他亦有着一颗爱国清正之心，可是在那个带着悲剧色彩的朝代，他的忠直，到底不为所容。当金兵南下攻宋围城的时候，吕本中和千万京师子民一起，亲身经历了战火的洗礼，看到繁华的汴京城遭受近乎毁灭的战火。谁来给这座城疗伤，谁来为黑暗的结局打开一道明亮的出口？他接受命运，经受南渡的凄怆之后，心中亦带有隐逸的念想。说他遁世也好，说他逃避也好，他在词中写道："叹古今得失，是非荣辱。须信人生归去好，世间万事何时足。"的确，一生荣辱皆归尘，半世功名，却无法企及，南山篱院里，一株悠然的菊花。

平静下来，他抬头望月，会想起当年吟咏的《采桑子》吗？那段被宿命搁浅的情缘，已经是曾经沧海，除却巫山了。红颜在岁月中，缓慢地老去，只有江楼月，还是昨天那样，时缺时圆。人生的离合聚散，抵不过佛祖的拈花一笑。

一缕心思 织就九张机

九张机 无名氏

一张机，采桑陌上试春衣。风晴日暖慵无力，桃花枝上，啼莺言语，不肯放人归。

两张机，行人立马意迟迟。深心未忍轻分付，回头一笑，花间归去，只恐被花知。

三张机，吴蚕已老燕雏飞。东风宴罢长洲苑，轻绡催趁，馆娃宫女，要换舞时衣。

四张机，咿哑声里暗颦眉。回梭织朵垂莲子，盘花易绾，愁心难整，脉脉乱如丝。

五张机，横纹织就沈郎诗。中心一句无人会，不言愁恨，不言憔悴，只凭寄相思。

六张机，行行都是要花儿。花间更有双蝴蝶，停梭一晌，闲窗影里，独自看多时。

七张机，鸳鸯织就又迟疑。只恐被人轻裁剪，分飞两处，一场离恨，何计再相随？

八张机，回文知是阿谁诗？织成一片凄凉意，恹恹无语，从头到底，将心萦系，穿过一条丝。

九张机，双花双叶又双枝。薄情自古多离别，从头到底，恹恹无语，不忍更寻思。

轻丝。象床玉手出新奇。千花万草光凝碧。裁缝衣着，春天歌舞，飞蝶语黄鹂。

春衣。素丝染就已堪悲。尘世昏污无颜色。应同秋扇，从兹永弃。无复奉君时。

一六四 相思莫相负

"原来姹紫嫣红开遍,似这般都付与断井颓垣。良辰美景奈何天,赏心乐事谁家院……"听昆曲《牡丹亭》,一个女子,柔韧缠绵的低唱声,拨动每个人薄脆的心弦。缓慢的节奏,温软的情思,似要将心随之融化在一起。脑中顿时浮现四个字:"春丝如线。"就是这妙不可言的四个字,拂去了落在书卷上的尘埃,让春风翻到了一个词牌叫《九张机》的这一页。因为有位女子,正用如线春丝,一针一线,连连织就九张机。在两个人梦境里,织就一个人的锦瑟,一个人的流年。

写这首《九张机》的作者,是无名氏,词卷收入至《乐府雅词》。我问友:"《九张机》的作者,应该是个民间女子吧,表达她对春光的热爱,对爱情的向往。"友答:"绝不是女子,是文人托女子的口吻而写。"我笑:"宁愿是个平凡的民间女子所写。"友亦笑:"你便当成一个女子写的吧。"读这首词,就恍如看到一个民间女子色彩纷呈、形象鲜明的生活画卷。她采桑织锦,惜别怀远,将诗情、离愁、相思都纺织在锦缎上,希望有情人可以解她心意。一掷梭心一缕丝,如此巧妙的心思,连织九张机,真是九曲回肠、耐人寻味。

一张机,让我们看到一个朴素的女子,在陌上采桑,被大自然的春风熏染,流露出慵懒陶醉的娇态。枝上桃花开得妖娆绚丽,流莺婉转的歌声令人痴迷,让她舍不得归去。每次看到陌上桑,就会想起秦罗敷,那个在春天陌上采桑养蚕的罗敷女。从此,这棵桑树,在任何朝代,都长满嫩绿的桑叶,仿佛桑树的前生,就是罗敷女。

两张机，有打马而过的行人迟疑不决，欲行又止，女子回眸一笑，却怕被花草知晓娇羞的女儿心事。她只将深情蜜意藏于心间，遮掩多情的秘密，眼眸里却又流露出依依不舍的情意。从此，相思就这样深种，一梦难醒。

三张机，蚕老雏燕纷飞，吴王的馆娃宫，宫女们须更换舞衣，这些民间少女，要开始紧张地织锦劳作。

四张机，她一边纺织一边止不住相思，却没有因相思而停下机杼，而将自己的相思之情，一丝丝织进了锦缎里。来来回回地缠绕，她心灵手巧，一朵清雅别致的莲花就这样织成，可心中的离情别绪，却怎么也理不清。让我们看到一个少女，一点幽情动早，就这样误入春风花海，惹来相思无限，不知该如何让自己走出来。

最喜五张机，这位多情的少女，默默地将相思的诗句，顺着横纹，织在锦绣上，又忧心着，诗中的寄意不被情人所理解。"不言愁恨，不言憔悴，只恁寄相思。"她重复用了两个"不言"，是这样不愿倾诉自己的离愁别苦，不愿让心上人知道她憔悴的容颜。只将相思写入诗中，借锦缎，将寸寸柔肠和缕缕情丝细细地织进去。这般深情，用织锦的方式，巧妙地表达，读来新颖，实在是妙处难与君言。

六张机，她看到锦匹上，花间蝴蝶双飞，更添了她相思情愫。如此情不自禁地停梭一晌，往窗外多看了几眼。陌上，春光渐行渐远，而那时行人，早已不知消失在哪一处春色芳菲的路径，是否还记得那回眸的一笑？记得返程的路？

一六六 相思莫相负

七张机,她织成了戏水鸳鸯的图案,以为这样便可以双宿双栖。心中却不禁迟疑,唯恐这鸳鸯,被无心之人裁剪,从此劳燕分飞,反惹来离恨,再无计可相随。似听到她在怨叹,早知道有今日这样难以排遣的离恨,当初莫若不要相识。不相爱,就不会有相思;不相聚,就不会有相离;不相依,就不会有相弃。

八张机,回纹知是阿谁诗?回文诗(旧称回纹诗),是一种按一定法则将字词排列成文,回环往复都能诵读的诗。这种诗的形式变幻无穷,奇巧无比,可以上下左右,颠倒着读,也可以顺读、反读、斜读,只要遵循规律,任意一种方式,都可以读成优美的诗篇。最为绝妙,广为流传的,当为苏蕙用其绝代才情,写给她丈夫的璇玑图。那是一篇从八百四十一个字排成的"文字方阵",读法千奇百怪,可以衍化出数以千计的各种诗体。多少人争相传抄,费上几年工夫去读,可是能读懂的人却寥若晨星。苏蕙是用她旷世之才和一往情深,才写就出一幅这样玄妙超然的"璇玑图",可谓千古称奇。而这位少女,借苏蕙的回文诗,表达自己的心意。只想将这别出心裁的回文诗,用五彩丝线,织成锦绣,遥寄情思。

九张机,并蒂花,连理枝,都已织成,可相离多时的人,却依旧不得相聚。她怨怪那薄情男儿,轻言别离,流连湖光山色,不思归路。叹自己一片多情,从头到尾,将心萦系成一条丝线,素手织就同心结。谁知鸳鸯失伴,连理分枝,惹来幽恨,枉自断肠。

提笔至此,突发奇想,问友:"释、道、儒,你更喜何种?"友答:"释家绝情，道家清修，儒家入世。"我不解："释家为何绝情?"友答："佛家劝人为善，寡欲清静，却是好的。那清修者，断了男女之情，岂不缺憾!"一语惊心，方知世间万物，皆为情生。

佛家有经卷《三世因果经》，告知世人，每个人的三生，都已注定。因果循环，前世种下何因，今生就要自尝结下的果。所以才会有众生万相，有人为权贵降相，有人是草野莽夫；有人善良敦厚，有人奸恶阴邪；有痴情种，也有负心人。

据说，在阴司，有一专管天下怨女痴男的徇情官，他主导着红尘男女的情爱。多少繁华地，成了佳人冢；多少温柔乡，成了英雄墓。既知韶光似云烟过眼，缘来时，当好自珍惜，不辜负人间风月，锦绣华年。

第七辑 Chapter·07

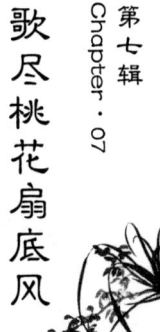

歌尽桃花扇底风

并刀如水　纤手破新橙

少年游　周邦彦

> 并刀如水，吴盐胜雪，纤手破新橙。锦幄初温，兽香不断，相对坐调笙。
> 低声问：向谁行宿？城上已三更。马滑霜浓，不如休去，直是少人行。

也曾读过几阕周邦彦的词，多写男女之情和离愁别恨，辞藻华美、音律和谐，典型的宋词风味。唯独这首《少年游》给我留下深刻的印象，仿佛是百媚千红里的一点初绿，清新、淡雅。又似乎是丝绸锦缎里的一匹素布，简洁、朴实。以往的词，多描写瑰丽的景致，借景抒情。而这首词却闻不到一丝胭脂味，有一种洗尽铅华、回归素朴的真实。像是将一个淡妆天然的女子刻画得入木三分，而她委婉的口吻，也被描绘得惟妙惟肖。都说中国古典诗词不善描摹人物，周邦彦的这首《少年游》带给我们的，是不同于其他宋词的表达。

其实初次读这首词，是被这一句"纤手破新橙"给吸引的，这么简单的五个字，出现在一阕词里，有一种说不出的轻巧和新意。仿佛看到一双白净纤细的手，柔缓地切着一个新橙，刀一落下，那酸涩清香的汁就弥漫了整个屋子，人顿时清醒。后来我又读了前面两句，"并刀如水，吴盐胜雪"起先只觉新奇，知道写的是并州如水的刀，吴地胜雪的盐，却始终不明白，为何会出现在"纤手破新橙"前面。并刀切橙，理所当然，切橙要一勺吴地的盐做甚呢？后来从一处资料里才得知，那些没有完全成熟的橙子采摘下来，橙子中含有机酸比较多，破开后抹一些盐，或者用盐水浸一下，对有机酸有抑制作用，可以杀去酸涩之味，吃起来才会香甜可口，有如淡盐水浸泡菠萝的道理相似。这才恍然，原来早在宋朝，盐就有了此般妙用。

　　人说作诗填词，都会有一段因由，要么睹物思怀，要么有感而发。这首《少年游》确实有一段饶有兴致的由来。张端义《贵耳录》载："道君（即宋徽宗）幸李师师家，偶周邦彦先在焉。知道君至，遂匿床下。道君自携新橙一颗，云江南初进来。遂与师师谑语。邦彦悉闻之，隐括成《少年游》云……"说的是当年宋徽宗、周邦彦君臣和李师师的一段情事。周邦彦本来先至李师师家，闻宋徽宗来访，便藏匿到床底下。宋徽宗携来新橙一颗，为江南新进贡来的，之后与李师师有了一番温情软语。床底下的周邦彦便作了这首《少年游》，将他们当时的情景，用通俗的白话，逼真地描摹出来。又听说，后来李师师给宋徽宗歌唱了这首词，徽宗大怒，要将周邦彦迁谪。后李师师又给徽宗唱了一首兰陵王词，徽宗大悦，周邦彦也就躲过这一劫。

　　读完整首词，我们恍如看到一幅画面。烛影摇红的夜，洁净无尘的闺房，多情的宋徽宗和温柔的李师师，在碧纱窗下卿卿我我。而周邦彦只能委屈地藏匿在床下，不敢吱声，目睹他们的风情。李师师用纤细的手切新橙，一个细微的动作，看得出李师师刻意在讨宋徽宗的欢喜。温暖的帷幕里，刻着兽头的香炉，轻轻升起沉香的烟雾。二人对坐，李师师调弄着手里的笙，试着曲调，而通晓音律的宋徽宗，也接过笙，试吹几声，之后递给李师师，让她吹奏优美的曲子。窗外明月如水，如此良夜春宵，二人不尽缠绵，只怕此时的李师师也忘记床底下还藏匿着一个周邦彦，所以才会有下片那精彩的表白。

"低声问：向谁行宿？城上已三更。马滑霜浓，不如休去，直是少人行。"如此简短的几句语言，表达出女子曲折、婉转的心理活动。又被周邦彦用简洁的笔墨，巧妙地记录下来，成了一首名传千古的词句。一曲笙歌过后，夜阑风静，只见红烛摇曳，照见美人香鬟衣影，也照见宋徽宗灼灼神采。李师师禁不住低声问道："向谁行宿？"她问得如此小心，又亲切，乍听好似并不打算他留下，却又在在暗示着什么。"城上已三更"，她又进一步提醒着，时候其实不早了，若要走，就趁早些；不走的话，就决定留下来。"马滑霜浓"，这一次加重了她想要对方留下来的念头，她细心地为他设想，夜路不好走，霜浓露滑，怕马儿失足，人着凉受惊。"不如休去，直是少人行"。经过几番转折，李师师干脆直截了当地说："你看，外面行人都没几个，你若趁夜回去，我真的不放心，莫如留下来。"

真个是几回探问，几回周转，最后终于尘埃落定。周邦彦的确是一个驾驭文字的高手，他用简洁、直白的文字生动地刻画出人物微妙的心理。呈

一七四 相思莫相负

现在我们面前的，是一位多情、机灵、真挚又大胆的女子。清代谭献在《复堂词话》中评这首词说："丽极而清，清极而婉，然不可忽过'马滑霜浓'四字。"周济在《宋四家词选》中评论这首词说："此亦本色佳制也。本色至此，便足。再过一分，便入山谷恶道矣。"

有人曾拿周邦彦的词和纳兰性德的词作比较，他们都是婉约词风，更重要的是，他们都是身处繁华之人。周邦彦在年少时虽有过困顿，但之后一直官场如意，虽不算平步青云，却一直备受恩宠。虽生逢北宋之末，但国家破灭是在其死后。纳兰性德处康熙盛世，那时的大清国一派繁荣气象，其父纳兰明珠，深得康熙宠信，权倾朝野。而纳兰性德，才华横溢、文武双全，尤其是诗词的成就，使得他被康熙赏识，为殿前一等侍卫，伴随皇驾。他英年早逝，却留下一组凄美感人的《饮水词》，被后世争唱。

周邦彦处末世而赋悠闲，纳兰性德居盛世而吟寂灭。都说文由心出，一个人并不会因为处于怎样的环境，就必定要写出与环境相当的文字。我们可以从现实的纷繁中跳跃而出，站在另一个更高远的境界，去看世间万象，芸芸众生。在繁华中寻寂寥，于忧伤中寻愉悦。就有如秋季思花开，春天悲落叶，聚时感落寞，散时见欢喜。一切随意念转动，随心而起。

再读这首词，恰是词人一段真实的经历。就像一幅写意画，淡淡几笔，勾勒出简洁生动的物象。用墨恰到好处，不多不少，浓淡有致。一句"纤手破新橙"，似闻到新橙酸甜的清香，从遥远的宋朝飘来，漫溢了整个空间，素雅怡然，耐人寻味。

且向花间留晚照

木兰花　宋祁

东城渐觉风光好,縠皱波纹迎客棹。绿杨烟外晓寒轻,红杏枝头春意闹。

浮生长恨欢娱少,肯爱千金轻一笑。为君持酒劝斜阳,且向花间留晚照。

翻开一卷宋词,也是打开千年前纷纭的往事,时间是鹊桥,让我们重见隔世的月色和阳光。多年的分离,换来偶然的相聚,依旧是萍水相逢,我们只需要交换一个过客的眼神,在没有约定的日子里,才可以来往从容。这一切,和因果无关,只当做是一段与文字的际遇。

邂逅宋祁的《木兰花》,不知道距今为止,已经是第几个年头的春暖花开。只一句"红杏枝头春意闹"就让思绪摇曳生姿,无论窗外是哪个季节,屋内已是一派姹紫嫣红。绿杨就长在纸上,杏花也开在纸上,是词人用笔墨,封存了那年绚丽的春色。人会像枯草衰杨那般老去,而这阕词,像是抹上了水粉胭脂,永驻红颜。

一场花事在春天粉墨登场,欢欣地汲取人间的光暖和雨露,还有人的情感和性灵。许多追逐的目光,为了这场嫣然丰盛的花事,早忘了世情风霜。王国维在《人间词话》里称道其《木兰花》,"'红杏枝头春意闹',著

一七六 相思莫相负

一'闹'字而境界全出。""东城渐觉风光好，縠皱波纹迎客棹。"这是一幅早春图，色彩明丽，洁净端然。满城的春光，让人想要走进这个缤纷的世界，将春天的滋味一一尝遍。春色是自然赠予给人间美丽而高贵的礼物，泛舟湖上，以花瓣铺床，以花瓣作枕，以花瓣为食。看远处杨柳如烟，一片嫩绿，虽是早春的清晨，寒意却微轻。红杏在枝头，放纵地开放，开到惊艳，开暖了游客赤热的心肠。

每次读到这句"红杏枝头春意闹"，无论当时心情多么平静，都会在瞬间惊诧不已。往日的素颜清淡，被抛之一空。脸上像被涂了胭脂花粉，头上戴了金银珠钗，身上披着华衣锦缎。这就是杏花，它不仅装扮着自己，还可以感染别人。一朵朵红杏，开到刺眼，就那样没有顾忌地欢笑，仿佛迫不及待地要将生命耗尽。用最短暂的时间，等待着收获灿烂的果，它们似乎从来都不屑绽放的过程，视死亡为乐趣，视悲悯为软弱。所以它们有勇气探墙而出，而不拘泥于世俗的束缚，因为它们向往人间烟火，愿意和一粒尘埃发生爱情，愿意和一缕清风亲吻，更愿意被行人采折，带回家插入瓶中，装饰别人的梦。

而世间之人，往往不及一枝红杏，以为守在世俗画的圈内，就是坚贞。却不问，人活着只有一世，既是来到人间，就该让红尘的烟火熏燎，才不辜负这仅有的一次生命。所谓红杏出墙又如何？任何的人事，都会有不可预测的变故。人生当走过逼仄的深巷，去创造奇迹，创造唯一，甚至去创造衰败和死亡。这世间，也没有量身订做的人生，因为，有时候突如其来的事件，连命运都无法掌控。我们所能做的，就是勇敢地接受过程所带来的结果，做个睿智的人、淡定的人。无谓成败、无谓生死、无谓得失，也无谓来去。

"浮生长恨欢娱少，肯爱千金轻一笑。"浮生若梦，做梦容易，梦醒却难，人生总是苦多甜少，悲多喜少。应该不吝啬钱财，纵是散尽千金，也要换取这片刻的春光和欢娱，也要博得美人一笑。这时的宋祁，携歌妓一起来游赏春色，看如烟杨柳，绚烂红杏。只觉人生得意须尽欢，纵算到明天就要将春色归还，留孤独给自己，也不能辜负今天。

"为君持酒劝斜阳，且向花间留晚照。"他们将春光调制成酒，花瓣当做菜肴，趁着大好年华，肆意地交换着杯盏。纵是断肠，也无悔。他们一起举杯，劝斜阳，希望可以在花间多徜徉一会儿，不要那样无情地离开。整首词，都表达出词人对春光的无限依恋，缠绵而不轻薄，华美却不艳丽，情怀真挚，心性豁达。词人在告诉我们，珍惜缘分，珍惜时光，宁可辜负流年，也不要被流年辜负。烟柳骄傲地穿着自己的绿衣，红杏孤高地守着自己的红颜。不需要将爱说出口，春风会给我们最深情的拥抱。

宋祁的一生，应该算是如意，这与他的历程和性情相关。宋祁，字子京，北宋安州安陆（今湖北安陆）人，后徙居开封雍丘（今河南杞县）。天圣二年（1024年）与兄郊同登进士第，奏名第一。章献太后以为弟不可先兄，乃擢郊为第一，置祁第十，时号"大小宋"。短短几行，写着宋祁一生的名片。我们看到的，是一个穿着官服的宋祁，在北宋京城的崇正殿，春风得意。而这首词，更体现出宋祁疏放明朗的心性，他宁肯为春光千金散尽，也不愿为世事拘泥。虽在朝为官，却一生闲游山水，折柳采花，恣意人生。他的另一首词《锦缠道》写着："向郊原踏青，恣歌携手。醉醺醺、尚寻芳酒。问牧童、遥指孤村道：'杏花深处，那里人家有。'"以闲雅欢快的笔调，抒发了人生当及时行乐的情怀。

记得《红楼梦》中，一次行酒令，探春掣得了一枝杏花，红字写着"瑶池仙品"四字，诗云："日边红杏倚云栽。"探春就是那枝凌云的杏花，敢与世抗衡，她果敢，所以她远嫁他乡，也可以在异国的土地开得灿烂。这让我不禁想起，每个人的前世，或者都是一株植物，所以百花千草中，其间有一株牵系着自己的今生。金陵十二钗中，每个女子，都是一朵花，黛玉是风露清愁的芙蓉，宝钗是艳冠群芳的牡丹，湘云是香梦沉酣的海棠，李纨是霜晓寒姿的老梅，惜春是佛前的莲花……

"红杏枝头春意闹。"宋祁也是因这一句词，而名扬词坛，被世人称作红杏尚书。一枝红杏，探墙而去，倚云而栽。花事登场，花事落幕，浮生如梦，为欢几何。纵是尝尽冷暖人情，也要和红尘同生共死。

那人却在灯火阑珊处

青玉案　辛弃疾

东风夜放花千树,更吹落,星如雨。宝马雕车香满路。凤箫声动,玉壶光转,一夜鱼龙舞。

蛾儿雪柳黄金缕,笑语盈盈暗香去。众里寻他千百度,蓦然回首,那人却在,灯火阑珊处。

江南的夜晚,真的很美,一片灯火煌煌的夜景下,旧式的牌坊,古典的楼阁,还有一扇扇雕花的老窗,半开半掩,不知在为谁低诉着风情。路旁是仿古的宫灯,墙院上、檐角边、树枝里,被星星点点的灯火围绕,似银花绽放,璀璨迷人。来往游人无数,没有香车宝马,却也是姹紫嫣红的光影一片。每年的元夕,我都会来此看灯,这里叫南禅寺,墙院内是云水禅心,墙院外是都市繁华。

站在石桥上,看运河里的龙舟徐徐缓缓地行驶,船上的游客,欣喜地观赏两岸的风景。他们或许不知道,这运河,是当年隋炀帝为了游江南,去扬州赏琼花而开辟的。千百年来,这条河流从来没被光阴冷落。尽管当年隋炀帝荒淫无度,但他却为江南水乡带来了鼎盛与繁荣。他带着梦而来,却没能回去,来时,他写下一首诗:"我梦江南好,征辽亦偶然。但存颜色在,离别只今年。"这位风流皇帝最后死在江南,但他赏过扬州的琼花,看过江南的月，爱过江南的女子，他死得无憾。

街灯眩目，是因为忘不了夜色的温柔，我独自冷眼看着这一切的繁华，有一种"冠盖满京华，斯人独憔悴"的感慨，却也有"众人皆醉我独醒"的淡然。灯火阑珊处，有江湖艺人在吹笛，有画者在为人描绘着肖像。而我就是那个灯火阑珊处的女子，只是不知道，这人流中，是否有一个人，也在众里寻我千百度？恍然间，我想到，这粲然华丽的夜市，不就是为了迎合千年前那阕叫《青玉案》的古词吗？虽然不是元夕佳节，却流淌着同一种美好的意象。

有人说，当年辛弃疾填这首词，看似在表达对一个女子的爱情，其实还有更深的一层含义。这首词作于宋春熙元年或二年，那时强敌压境，国势日衰，南宋统治阶级却偏安江南，在歌舞享乐中粉饰太平。辛弃疾作为一个热血男儿、一个风云人物，他有心请缨，却不受君王赏识。心灰意冷时，看着这幅元夕踏灯的图，试图用这浮华的表象，麻醉自己的心灵。所以他孤独地寻找，希望可以找到一个不落流俗、孤标傲世的女子，视她为知音。

在我的印象中，辛弃疾的词，为豪迈豁达的风格。苏轼的词，旷达中渗透着人生哲理，总让人同他一起走入风起云涌的境界里，又随他慢慢地归于深沉的平静。而辛弃疾不同，他的词似乎永远炽热，带着英雄的豪情与悲壮，读完后，心情久久不能平静。而这些，与他的人生历程相关，他年轻时就参加抗金义军，携着燕赵奇士的侠义与豪情，也算是金戈铁马二十年，有气吞山河的豪迈。可中年受到排挤，被迫退出政治舞台，伟大志向不得施展，就将这一腔愤怒，写入词中。他闲赋了二十年，漂泊流转，一边羡慕归隐山林的隐逸高人，一边忘不了要做一个承担民族使命的英雄。他总是会在恬静的时候，心灵涌起波澜，并且在这种感情起伏与交织中度过了后半生。写下了"了却君王天下事，赢得生前身后名。可怜白发生。"这样醒透又悲凉的词句。

他写下这首《青玉案》，是想透过世态表象的繁华，寻找属于自己的落寞和清醒。明月就像一面镜子，映衬出一幅雪树梨花的元夕画境。月亮无须背负宋朝那沉重的历史，它从远古走来，看过秦汉风云和隋唐演义，依旧温婉似玉、清凉无尘。此时的朝廷，风雨飘摇，国难当头，可江南的元夕，却依旧一派盛况空前的鲜妍景象。火树银花不夜天，龙腾狮舞闹元春。香车宝马碾过芬芳的路径，游人如织，笑语盈盈地赏灯，猜灯谜。他们沉醉在歌舞升平的快乐里，却不知，宋朝已失去半壁江山，他们脚下的土地已不再全部属于自己。

难道他们真的被浮华麻醉了心灵了，或者他们都已经修炼到淡定的境界，可以足够成熟地抵挡风雨？辛弃疾辗转在如流的人群中，却感到从未有过的寂寞。他想要唤醒所有的人，告诉他们，一起力挽狂澜，修补残破的苍穹，却又不忍惊醒他们瑰丽的梦。他在纷繁的街市中，似乎听到美人环佩和璎珞的叮当声，他希望在这个没有约定的夜晚里，可以找到一个不屑俗流、超拔脱俗的佳人。和她共诉一段柔肠，共有一种相思，也许只有这样，才可以让他忘记，摇摇欲坠的山河，忘记他骨子里，那一点还没有完全消磨殆尽的英雄气概。

"众里寻他千百度，蓦然回首，那人却在，灯火阑珊处。"他一直寻寻觅觅的身影，原来就在阑珊的灯火处，在倾斜的月光中。这女子，也许是一位脱俗的仙子，她用淡然的心，漠然地看着世人悲喜往来。又或许是一个冷落繁华的平凡女子，她不过在今夜，独自走出闺房，想要在阑珊的角落，感染一点点热闹的气息罢了。无论她是谁，今夜，她就是辛弃疾苦苦寻找的那个人，是他心中那枝清绝高傲的红梅，不与凡尘有任何纠缠。

王国维《人间词话》云："古今之成大事业、大学问者，必经过三种之境界：'昨夜西风凋碧树。独上高楼，望尽天涯路。'此第一境也。'衣带渐宽终不悔，为伊消得人憔悴。'此第二境也。'众里寻他千百度，蓦然回首，那人却在，灯火阑珊处。'此第三境也。"细细揣摩，这三种境界，我们都能体味，但是却未必要真正达到。

因为，我们都是大千世界里的芸芸众生，经历着悲欢离合、生老病死。我们的人生也许不需要经历这三层境界，只在心里，存一份淡定，留一份清醒。不上高楼，不为憔悴，不再寻觅，只从容地行走，清淡似水，安静如月，低眉浅笑，自在平宁。

知音少 弦断有谁听

小重山　岳飞

昨夜寒蛩不住鸣。惊回千里梦,已三更。起来独自绕阶行。人悄悄,帘外月胧明。

白首为功名。旧山松竹老,阻归程。欲将心事付瑶琴。知音少,弦断有谁听?

月光透过薄薄的纱帘,洒在桌案上,一盘棋、一张琴、一卷书,仿佛只有这样才可以和尘封多年的旧事暗通心意。这轮明月,从古到今,看过人世沧桑,依旧是这般风韵。而我们,却再也回不到那一场高山流水的初相逢。我一直相信,月光比阳光,更能清楚地照彻历史遗漏的角落。因为它明朗、幽清;它柔和,也多情。拨动历史那根锈蚀的琴弦,弹奏出沙哑的音调,是因为风尘劳累,还是因为知音已逝?千百年来,历史只不过更换了舞台,过往的英雄就真的成了道具吗?

填这首《小重山》的人,叫岳飞,历史上著名的军事家、民族英雄、抗金名将。他一生精忠报国,驰骋疆场,只希望马革裹尸,以祭山河。滔滔乱世,想要实践理想中的完美,收复旧日河山,只不过是一场虚空的梦。自古英雄多寂寥,他最终被奸臣以"莫须有"的罪名所害,似乎也是预料之中的事。历史是一把用现实打磨的利剑,冷酷无情,它总是趁人

一八四 相思莫相负

不备，就粉碎你的梦，连灰烬都不留下。世先有伯乐，而后有千里。世间恃才傲物、卓尔不群的人，无不希望自己可以得遇明主，一展平生才学。纵为知音死，也不甘作别人的棋子。多少人，一生不遇知音，宁可隐于闹市，或终老山林，都不愿在烟火人间为别人做嫁衣。

浪花淘尽，岳飞只是史册上一位风云人物罢了。被时光之笔写在宋朝的纸上，再也不能怒发冲冠，饮血疆场。他写《满江红》："三十功名尘与土，八千里路云和月。莫等闲，白了少年头，空悲切！"又是多么的豁达豪壮。是啊！三十多年的功名如同尘土，八千里的路程，不知道经过多少风云人生。胸藏烟霞，心如皓月，在碌碌世间，等待一个赏识他的明主，可是知音未遇，身先死。

他写《小重山》不似《满江红》那样豪情万丈，可却是借琴弦抒发着心中无言的呐喊。是寒蛩将他从梦中惊醒，现实的无奈如烟云铺卷而来，不能入睡，就独自绕着石径缓步。帘外清冷的月光，照见他一片赤胆之心。这一生，为南宋抗金，无数次浴血沙场，毫无怨尤。他不为功名，只希望可以得遇明君，慰藉平生寂寥。他是时代的英雄，他想收复中原万丈河山，可是壮志难酬，君王的懦弱，奸臣的迫害，让他凄怆沉郁。也想脱下征袍在月下独酌，享受恬然和淡泊的人生；也想放马南山，捧一本庄子的《逍遥游》，坐拥青山碧水。

栏杆拍遍，山河依旧滔滔，那被战争搅乱的江水，混浊不堪，谁还能在浊浪中淘出真正的英雄？又或者说，谁还有心，去寻找真正的英雄？

他在寂寞的黄尘古道，策马奔驰，阵阵马蹄踏碎山河。他，连同整个王朝，都在这一场战火中被洗劫一空。宋朝的历史，从此覆盖了一层抖不去的灰。以为这样就可以埋葬屈辱、埋葬忠骨，可那些不死的魂魄，敢于直面惨淡的人生，还给英雄一世清白。

"欲将心事付瑶琴。知音少，弦断有谁听？"月光下，不知是谁，奏响了一曲《高山流水》，这首流传几千年，也风华了几千年的曲子，被无数人弹奏，却脱不去弦音里遗世的寂寞。这首曲子，在子期死，伯牙断弦后，其实就失传了。这么多年，被不同的人更换，或许连一个音符都不能重叠。可人们依旧乐此不疲地弹奏，为了表达自己天涯觅知音的情怀，为了哪怕一段清澈的相逢，会隐埋于世。人生有太多的缺憾，辗转的江湖，转瞬皆为泡影。我们总是希望将从前失去的慢慢找回，将残破的好好修补，而不去过问，是否会适得其反，是否真的可以完好如初。

岳飞虽是武将，但他文才横溢，有儒将风范。他是寂寞英雄，满腔抱负，无人赏识，只将满腹心事，付诸瑶琴，可是世无知音，苍茫人海中，又有谁来听他的弦声？所谓曲高和寡，尘世间，又有多少人可以真正地领会乐曲中的精妙？又或者说，谁可以真正领悟抚琴者弦中的意境和他心中的情怀？伯牙绝琴明志，不仅是祭奠死去的子期，也为这世间再无知音，而苦闷。人生何处酬知己？也许世间万物，都可以成为知己，而人心太浮躁，觉察不到万物的性灵。以为只有人，才懂得情感，才有血有肉。而忽略了，一枚叶子，也会萌动相思；一粒尘埃，也在寻找归宿；一只蝼蚁，也

一八六 相思莫相负

会诉说情怀。它们在尘世间,有情有义地活着,是人类,将它们淡漠。

又或者,我们苦苦追寻的知音,其实是自己。世间万物,相互依存,也相互排斥,没有谁可以保证,心可以永远如明月一样的清澈。就连一杯白水,放久了,也要失去原味,会落入粉尘。我们不要自信地认为可以更改人类亘古不变的规律,往往就是因为太信任自己,反添了许多失落。知音少,弦断有谁听?实在无人的时候,就弹给自己听,弹给心灵听,弹给存在于世间的万物听。

岳飞没能等到他想要的知音,琴弦断,身亦死。历史给他留了一块墓地,是为了证实他一生的清白,一个精忠报国的武将,没有什么,比清白更重要。"青山有幸埋忠骨,白铁无辜铸佞臣。"尽管秦桧这么多年,一直跪在他的墓前,可是清风昭昭、明月朗朗,一切又何曾有过改变?他把一生托付给了宋王朝,纵算以后有赏识他的明主,也是相逢太迟了。

让他一生 为你画眉

南歌子　欧阳修

凤髻金泥带，
龙纹玉掌梳。
走来窗下笑相扶，爱道画眉深浅，入时无。
弄笔偎人久，描花试手初。
等闲妨了绣工夫，笑问鸳鸯两字，怎生书。

古人云："女为悦己者容。"一个女子的容貌，在任何朝代、任何时候，都是至关重要的。绝色的容颜，是一道赏心悦目的风景，让人心动而痴迷。一个天生丽质的女子，或许不需要浓脂艳粉去修饰，而眉眼是整个面容的灵魂，那一弯黛眉，淡描轻扫，更显神韵。从古至今，画眉便成了一种旖旎的风尚。一支画笔，在时光的镜中，描摹出华年不同的美丽。

画眉深浅入时无？我仿佛听到一个温婉的女子，低低地问着自己的良人："相公，我的眉画得可合适？"那神情，含羞娇俏、妩媚动人。我想任何一个男子，此时看到自己美丽的妻子，都会生出万种柔情。轻抚她的眉黛，将她拥入怀中，多少壮志雄心都会被软化。这一句诗的由来，并不源自于欧阳修的《南歌子》。而是唐代朱庆馀写的一首诗："洞房昨夜停红烛，待晓堂前拜舅姑。妆罢低声问夫婿，画眉深浅入时无？"让我们看到一对新婚小夫妻，幸福甜蜜的生动画面。

据说画眉之风起于战国时期，屈原在《楚辞·大招》中记："粉白黛黑，施芳泽只。"汉代时，画眉更普通了，并且画得更出色。《西京杂记》中写道："文君姣好，眉色如望远山，脸际常若芙蓉。"形容卓文君的眉，似远山含黛，脸似秋月芙蓉。那弯细眉，从汉代远山一路描来，直至盛唐，流行把眉毛画得阔而短，形如桂叶或蛾翅。元稹有诗吟"莫画长眉画短眉"，李贺也有诗"新桂如蛾眉"。到后来唐玄宗时期，画眉的形式更是多姿多彩，名见经传的就有十余种：鸳鸯眉、小山眉、三峰眉、垂珠眉、涵烟眉、拂烟眉等。这么多的画法，可见画眉在古代女子生活中，已经占了极其重要的位置。

《新唐书》里，还记载了这么一则画眉的故事。李隆基造反灭韦后，带兵一路杀进大明宫，而不知天高地厚的安乐公主，还在"方揽镜作眉"，沉迷在她画眉的境界中，全然不知改朝换代的激烈。待她觉察，仓皇出逃，被砍下来的脑袋上，有画了一半的眉毛，另一半眉毛还留在了前朝的梦里。这则故事，带着一种惊悚之美，让人读后感叹不已。

到后来，宋元明清，画眉风尚之广泛，上至皇宫贵族，下至平民百姓，画眉已成了闺阁绣房的一大乐事。亦为许多文人诗客写入诗中，温庭筠《菩萨蛮》："懒起画蛾眉，弄妆梳洗迟。"白居易诗："蛾眉用心扫。"乃至清朝的纳兰性德一首叫《齐天乐》的词，也写道："冷艳金消，苍苔玉匣，翻书十眉遗谱。"

自从张敞在闺房为爱妻画眉，"张京兆眉妩"就被传为佳话。后来有许多男子相继效仿，他们在爱人如雪的肌肤上，看着她娇羞的眼波流转、呵气若兰的香韵，轻轻地为之描眉，无限的亲密与温柔，都定格在镜中。《红楼梦》里描写林黛玉的容貌，起句就是"两弯似蹙非蹙罥烟眉，一双似喜非喜含情目"。只这一句，便将这个多愁善感的柔弱女子描写得入木三分，贾宝玉也因此为她取了个别名，叫颦颦。贾宝玉在大观园里，经常以偷尝她们的胭脂为乐，当他看到黛玉这两道如烟似黛的弯眉，难道不会生出想要日日为她画眉之心？也许因为这两道含情的眉弯，让宝玉对黛玉，更生一分爱怜。

喜欢欧阳修的这首《南歌子》，是因为词中意境就是一幅画，画的名字叫：只羡鸳鸯不羡仙。在我记忆里，欧公为一代儒宗，风流自命，词章深婉，文理畅达。想象着他在简洁的屋内，书香四壁，桌上横放一张古琴、一盘散落的棋，他独自抱一壶老酒，对着明月，做一次温柔的遐想。烛影摇红，如此良宵美景，又怎能辜负？他即兴填词，桌案铺展的纸上，便有了这样动人的图景，翰墨的清香，在春风舒展的永夜悠悠飘荡。

凤髻、龙纹。一位美丽的新娘对镜，着彩衣，上丽妆。盘发髻，上胭脂，抹唇红，最用心的，是描那两道细弯的眉，像是一弯新月。她和英俊的夫君相携临窗，郎情妾意，她娇俏含羞地笑问："这弯眉画得可好？"案上的红烛已燃尽，他们还沉浸在昨夜温情缱绻的梦中。帷帐里，万般温存，尝尽雨香云片。从今后，只魂梦相牵，年少夫妻，又还怕什么似水流年，光阴似箭。

古人说，人生得意之事为"洞房花烛夜"和"金榜题名时"。金榜题名终为名利所缚，到最后，总是会失去太多本真的洁净和清朗。而最动

相思莫相负

人的莫过于情爱，汤显祖在《牡丹亭》里说："情不知所起，一往而深。生者可以死，死可以生。生而不可与死，死而不可复生者，皆非情之至也。"可是这世间也难以有一种感情，可以一如既往。拥有的，相处久了，各自嫌弃。错过的，只会在以后的时光里，不断地追忆。所以，珍惜刹那的拥有，不问缘分还会有多久长，此时可以握紧对方的手，就是幸福。

不经意地，打开一首歌，是苏有朋版《倚天屠龙记》里的片尾曲——《爱上张无忌》。毛阿敏唱的，我喜欢毛阿敏的声音，只有她才可以将那份深情唱得那么疼痛、那么彻底。"让他一生为你画眉，愿他的心宽容似海。再不提你曾给他伤害，你要他身边再没别的女孩……"是的，如果可以，我只想嫁一个平淡的男子，无须海誓山盟的私语，只需知我心意，只需一生为我画眉。我说得如此轻巧，一生为我画眉，还自诩为"平淡"，却不知"一生"这两个字，有多重。

如果有一天，你的缘分悄然到来。请你一定要紧紧抓住缘分的衣襟，不要等到缘分与自己擦肩而过，再去追忆，再去惋惜。就如同唐时杜秋娘写的一句诗："花开堪折直须折，莫待无花空折枝。"她明白，花开花落是寻常，缘来缘去亦是如此，所以，在花开之时直须折取，而缘来之时也要努力珍惜。待到花落，缘尽，也没有什么值得遗憾。

希望，这世间的女子，都可以邂逅一个可以为自己画眉的男子。不求一生，只要拥有过，哪怕一次，也好。那时候，她们是否都会娇羞地对着心爱的男子笑问："画眉深浅入时无?

那年桃花 开得难舍难收

鹧鸪天　晏几道

彩袖殷勤捧玉钟。当年拚却醉颜红。舞低杨柳楼心月,歌尽桃花扇底风。

从别后,忆相逢。几回魂梦与君同。今宵剩把银釭照,犹恐相逢是梦中。

那是一段倾城的岁月,当年的美好,只能在梦里萦回。在渐行渐远的人生里,认为再不会有那么一条路,让曾经错过的人以任何方式重逢,可这一次是真的。他出身高门,有着显贵的家业,有一位在朝中当宰相,并且才华横溢的父亲。他自幼潜心六艺,旁及百家,尤喜乐府,文才出众,深得其父及同僚之喜爱。可他生性高傲,漠视权贵,宁可流连于烟花柳巷,和歌女饮酒寻欢,也不要迈进金銮殿里,和朝臣一起畅谈国是。他一生不受世俗约束,风流自许,纵是为这份心性而死,也无怨无悔。

他叫晏几道,晏殊的儿子,与父齐名,世称"二晏"。然而,他们又是截然不同的两个人,他继承了其父的才学与聪慧,却没有继承他父亲的功贵和气魄。晏殊的一生平步青云,官拜宰相,胸襟旷达,在文坛上也占有极高的地位。晏几道和其父在仕途上相比,就显得太过平庸,他胸无大志,厌倦做官,当了几年小吏最后也作罢。黄庭坚称他是"人杰",也

一九二 相思莫相负

说他痴亦绝人:"仕官连蹇而不能一傍贵人之门,是一痴也。论文自有体,不肯作一新进士语,此又一痴也。费资千百万,家人寒饥,而面有孺子之色,此又一痴也。人百负之而不恨,已信人,终不疑其欺己,此又一痴也。"

他们的词风,也是各具一格,晏殊的词思想深广、清朗明净;晏几道的词细腻婉约,多怀往事,抒写哀愁。总之他留给世人的印象就是,他是一位多情的才子,喜欢和歌女在一起,所以他的词作,多为表达歌女的命运,以及和歌女之间的爱恋离合,文辞凄婉动人,耐人寻味。而一切,似乎已经注定了他后来的落魄。晏殊死后,他失去了坚实的港湾,这样一个不懂得耕耘生活、只懂得经营情感的人,如何承受得起现实的风刀霜剑?

他一生风流,为情而生,为情而死。虽然与他有过欢情的,大凡皆为地位卑微的歌女,可他用尽心性情志,真心相待,和她们在一起,留下许多欢情的过往。说到这儿,让我想起了柳永,一个一生混迹在风月场所的才子,他视青楼歌妓为红颜知己,同样的落魄的遭遇,让他们的心贴得更近。他为她们填词泼墨,深入她们的心灵,所以最后到死,也是那些青楼女子凑钱,为他安葬。晏几道不同,他出身在富足之家,可他骨子里流淌着浪漫与风流的血,他把所有的情感,都给了那些媚似桃花的女子,甘愿接受落魄。在他贫困潦倒、一无所有的时候,他依旧可以告诉大家,他这一生,风流过,无悔。

这首《鹧鸪天》也是为一个歌女而写,一个久别多年的歌女,他们在人生的渡口得以重逢,于是生出了万千感慨。以为在梦中,一直回忆初见时的温存与美好。"彩袖殷勤捧玉钟。当年拚却醉颜红。"他和佳人首次相逢，佳人玉手捧杯，温柔而多情。浅酿沾唇，他已深醉。便有了"舞低杨柳楼心月，歌尽桃花扇底风"的无限欢乐。我们仿佛看到，当年晏几道和喜欢的歌女，在月上柳梢时就开始饮酒寻乐、高歌曼舞，直到月落西沉，也不肯停歇。如此彻夜不眠，以致歌女连手中的桃花扇也无力摇动。他们都是至情至性之人，就是这样的舍得，舍得用一生的离别，换取一夜的倾城。而这一句"舞低杨柳楼心月，歌尽桃花扇底风"也成为晏几道《小山词》里的绝唱。

"从别后，忆相逢。几回魂梦与君同。"自从那次被命运摆弄，离别之后，多少次在梦里相逢。所以"今宵剩把银釭照，犹恐相逢是梦中。"当晏几道和老去红颜的歌女重逢时，依旧以为是在梦中。他颤抖着双手，持着银灯，一次一次地细看眼前的女子，生怕一眨眼，梦境就会消失，他回到现实，一切都会是空芜。当他们握紧彼此的手，感觉到彼此的温暖，闻到彼此的气息，才相信，是真的风雨归来，一起投宿在一家叫"过客"的驿站。也许天亮后，就要离开，但是这一次守望，会成为永恒的风景。

他们守望彼此，心中哽咽，晏几道甚至不敢询问，这位虽然两鬓添了些许风霜却风韵犹存的女子，如今过得是否幸福。也许她已嫁作他人妇，和一个庸常的男人过着平凡简单的日子；也许她独自在一处安静的居所，寂寂地活着；也许她依旧流落在烟花巷、风月场。晏几道不忍相问，怕自己的唐突会伤害佳人。只是不知道，今夜，他们是否还能抓住，青春

一九四 相思莫相负

飘忽的影子，再一次"舞低杨柳楼心月，歌尽桃花扇底风"。

我们曾经在人生的渡口，被离别载去了不同的风景彼岸，朝着各自不可预见的未来，义无反顾地奔赴。我们被抛掷在红尘的千里之外，从来没有想过，还会有一个渡口，叫重逢。彼处桃花灿烂盛开，在春天华丽的枝头，我们的心，已经开到难舍难收。没有约定的时候，我们听候宿命的安排，转过几程山水，以为相逢是一场无望的梦境，却不曾料想，我们将彼此守候成山和水的风景。在光阴的两岸，我总算明白，离别和相逢是一样的久长，悲伤和幸福是一样的深浅。

没有谁知道，晏几道的一生，究竟有过多少的红颜知己，又有过多少次歌舞尽欢，魂梦相依的故事。所能记住的，只是他一生的风花雪月，和一卷婉约生动的《小山词》。晏几道，生下来，父亲就给他一个装满了财富的背囊，他悠闲漫步，一路挥洒，到最后，背囊越来越瘦，只是情却越来越满。

命运给了晏几道一个结局，家道中落，佳人尽散。佛家言："一切有为法，如梦、如幻、如泡、如影、如露又如电，应作如是观。"我信缘，所以不问得失。在明净的月光下，心如莲花，以一种缓慢的姿态，舒展着红尘遗落的美丽。我们应记得那一次的重逢，也永远不会忘记，多年前的夜晚，他们，舞低杨柳楼心月，歌尽桃花扇底风。

第八辑 Chapter·08

人间有味是清欢

红尘易老 清欢难寻

浣溪沙　苏轼

细雨斜风作晓寒，淡烟疏柳媚晴滩。入淮清洛渐漫漫。雪沫乳花浮午盏，蓼茸蒿笋试春盘。人间有味是清欢。

沐着夏日清凉的晨风，去了江南古典园林。亭台楼阁，长廊曲径，古典的窗扉下，几竿翠竹，几树芭蕉，还有一些不知名的小花，在微风中轻轻摇摆，撩动内心淡淡的情思。漫步在湖边的青石小径，湖面上的舒展着绿色的荷叶，几朵粉荷娇俏地看着我，有种淡扫蛾眉的妩媚，亭亭玉立的身姿，又遮掩不住内心的安静。翠柳斜风，荷池边的美人靠椅上，坐着几位年轻女子，观鱼赏荷。

寺院里传来阵阵钟声，悠远缥缈，像是来自空谷山林的呼唤。寺庙在惠山脚下，穿过天下第二泉，走过竹庐山房就到了。我曾经告诉别人，这个地方，我闭上眼睛，也知道自己在哪个方位。我闻得到风的味道，还有那萦绕在风中的檀香，以及耳畔环绕的梵音。我说过很多次，我不信佛，只是喜欢庙宇的空灵和宁静，喜欢这里的佛境禅心。佛前的那株睡莲，同往年一样，在一口石缸里等我。我们曾经有过一段约定，它说过，菩提万

一九八 相思莫相负

境为佛而生，而它，只为我而生。在没落的红尘里，它只为我百媚千红。而我也许诺过它，这一世，我或许还有几十年的光阴，如果可以，我都交付与它。如若不能，下一世，我也不会辜负它。

寺庙的宣传栏上，有佛祖拈花微笑，旁边，有一句诗吸引了我："人间有味是清欢。"诗的下面，讲述的则是苏轼与佛家的故事，这位大文豪，一生虽然历经无数次起落沉浮，但是豁达豪放的性情始终不改。他喜诗词书画，也爱酒肉禅茶，他的一生有太多的传奇故事，也留下太多的名言佳句。品过了，且将薪火试新茶，再品，人间有味是清欢。觉得人生最终的境界当属这句，在清欢中，从容幽静，自在安然。我始终相信，一个内心真正明净旷达的人，一个真正有宽大襟怀的人，无论是在逆境里行走，还是在乱世间徜徉，他都可以让自己在失意中超脱，获得平静。

所谓清欢，当是品过人生百味，最后品出的一味平和与淡泊。拥有一颗平常心，是清欢；品尝一杯闲茶，是清欢；漫吟几句诗词，是清欢；聆听一曲弦音，也是清欢。就如当下，我坐在寺庙边的一间茶舍品茶，翠竹掩映的廊道，一杯太湖翠竹，漫溢着清淡的芳香。东坡先生说过："宁可食无肉，不可居无竹。"那些散落在凡尘间的人，或许很难品味出他这句话的真意，觉得是文人的故作清高。而当他们，真正地走出来，在山林里漫步，微风拂过，听潺潺流水声，闻着青草的香味。坐下来，静品一壶茶，吃几道山珍野菜，感受疏淡简朴的生活。那时候，会恍然，原来这样，就是清欢。

当年东坡居士，就是在一个细雨斜风、乍暖还寒的季节里，穿过淡烟晓雾，在一处山庄的农家里，品尝清欢的。他在一壶清茶和几碟素菜里，品尝出人生的境界和禅意。那时的他，被贬黄州，人生当属逆境，可他依旧可以暂放名利，远离尘嚣，走进山林，来享受一段人间清欢。他的一生，一半在江湖，一半在山林；一半忙碌，一半闲逸。他喜欢翠竹杨枝，却也舍不下酒肉佳肴。他向往田园山林，却又放不下仕途名利。可是这些并不矛盾，他可以让自己收放自如，在浓郁中追求清淡，在寡欢中品出韵味。

一个人，要在烟尘滚滚的俗世中，品出清欢的滋味，是需要心灵达到一种境界的。红尘的滔滔浊浪，已经将人心鼓动得浮躁。许多人，被纷繁的世事消磨，已经没有闲暇，静下心抬头去看一朵白云的姿态，低眉去赏一朵野花的素美。纵然走近田园，也感受不到清风的凉意，雨丝的温润，听不到鸟儿的鸣叫，闻不到泥土的芬芳。他们走马观花地看那些宁静的山野风景，漫不经心地咀嚼农家饭菜，却终究还是离不开世故，品不出真正的清欢。

所谓清欢，是一种由繁到简、由简至繁，由浓到淡、由淡至浓的过程。清欢，就是可以将一本繁杂的书，读到简单的意味。也可以在一本无字之书里，读出许多深刻的内蕴。清欢，就是可以将一杯浓茶，品出淡泊的凉意；也可以将一杯白开水，喝成一种至雅的美丽。无论是为物所困，还是为情所扰，抑或是被凡尘所累，都要学会放下，学会宽解。唯有心静，才可以品出清欢；唯有淡定，才可以享受清欢。在萦回的生命中，只要找到心灵的方向，多少曲折的道路，都可以海阔天空，多少繁芜的过程，都可以风轻云淡。

　　真正的清欢，未必是要脱下世俗的华丽的羽裳，给自己穿上朴素的外衣。在深山老林里，盖一间茅舍，修篱种菜，每天清茶淡饭，无欲无求。而是处繁华物象中，拥有平和的心态、淡定的情怀，懂得取舍，学会感恩。这样，就多一份淡雅，少一份浮华；多一份简约，少一份庸碌。清欢是一种人生境界，任何的茫然寻找和苦苦追逐，都是徒劳。人与清欢，有着缘分，说不定有一天，你在一杯茶中，品出清欢，在一朵花中，悟出菩提。

　　是的，这就是清欢，带着淡淡的烟火、浅浅的禅意。东坡居士也是在纷繁的物象中，寻到了心灵的宁静。他将人间的清欢，品出一种无言的味道、无言的美丽。走出寺庙，我想起曾经为这里写过的一段短句：这是一座千年古刹，你看那，曾经粉饰过的院墙，已褪去了淡淡铅华。只留下，梵音经贝，在寂寞空山，过尽烟霞。几多僧者，芒鞋竹杖，辗转无数天涯，再相逢，不知道又会在何处人家。真不如，静坐在莲台下，将禅心云水，煮成一壶闲茶。只可惜，翠竹虽在，已不见、那年梅花。

　　将云水禅心煮成一壶闲茶，每个人，在茶中品出各自的清欢。所谓，人间有味，有味是清欢。

这一生 不过烟波里

定风波　苏轼

莫听穿林打叶声,何妨吟啸且徐行。竹杖芒鞋轻胜马,谁怕,一蓑烟雨任平生。

料峭春风吹酒醒,微冷,山头斜照却相迎。回首向来萧瑟处,归去,也无风雨也无晴。

窗外一轮朗月,清亮澄澈,我卷帘,只需借着月光,就可以读书。桌案上,摆放着《宋词》、《红楼梦》,还有一册《南华经》。其实,书对于我来说,只是一种摆设,有时候,连摆设都是多余。都说一个人要壮阔思想,填充知识,就要多读书,书中自有黄金屋,书中自有颜如玉,书中也有良朋知己。可我却总不爱翻读,只喜欢静静地和它们相对,在浅淡的意识里,反而可以悟出一点儿禅意。清风探过窗牖,撩开书页,我可以若有若无地看到几行字。这么多年,不是我教清风识字,而是清风,一直在教我读书。

月光下,映入眼帘的是这么一句:一蓑烟雨任平生。这是苏轼被贬黄州时,在野外偶遇风雨,所填的一首词。词牌也特别,为《定风波》。清风总是知人心意,它知这几日,我读苏子的词,喜欢他词中开阔豁达的意境，喜欢他悠然淡泊的情怀。只有他，才可以在风雨的逆境中，天马行空，我行我素。只有他，才可以在坎坷的仕途中，依旧满腔豪情、笑傲江湖。

他不是庄子，独与天地精神往来，在心中辽阔的地方，可以摒除一切念想。枕石而眠，在梦里幻化为蝶，以思想做竿，在山间垂钓白云。庄子觉得万物不断地更迭，只有时间是永恒的。他的淡泊超脱物外，和苏子出尘入尘的淡泊，在境界上有所不同。苏子是处官场上，却不为名利所缚。庄子是游离世外，名利从来不能沾他的身。苏子还感慨过，长恨此身非我有，何时忘却营营？而战国楚霸王，登门请庄子任相，庄子依旧垂钓濮水，持竿不顾，他只要自由，不受任何俗事的拘束。

我读到"竹杖芒鞋轻胜马"就会想起《红楼梦》里宝钗点的一出戏，戏中的一曲《寄生草》实在令人激赏不已。"漫揾英雄泪，相离处士家。谢慈悲，剃度在莲台下。没缘法，转眼分离乍。赤条条，来去无牵挂。那里讨，烟蓑雨笠卷单行？一任俺，芒鞋破钵随缘化！"当宝钗意味深长地念完，不仅惊住了一旁的宝玉，令他叫好，想必也触动了在座各位，以及所有看客，那一缕飘忽的心灵。而这里手持竹杖，脚穿芒鞋的东坡居士，虽没有在莲台下剃度，没有赤条条，今生随缘化。却亦有一种在风雨中，穿梭往来的无谓与超然。放下碌碌红尘，在万状云烟中，消遣平生意。

《红楼梦》中的贾宝玉听完这首《寄生草》之后，回去就写了一偈语：你证我证，心证意证，是无有证，斯可云证。无可云证，是立足境。写完了，又附上一首《寄生草·解偈》。"无我原非你，从他不解伊。肆行无碍凭来去。茫茫着甚悲愁喜，纷纷说甚亲疏密。从前碌碌却因何，到如今，回头试想真无趣！"这一切，似乎为将来宝玉远离尘寰，云里来去的结局所写下的铺垫。而当黛玉读到宝玉的偈语时，却在后面加了一句：无立足境，是方干净。可见黛玉是个有慧根的女子，她的意境更加的清澈空灵。这世间，不是每一个与佛结缘的人都有一颗禅心。

再后来，宝钗又讲述了六祖慧能参禅的故事，慧能禅师所吟诵的偈语："菩提本无树，明镜亦非台，本来无一物，何处惹尘埃。"达到了佛家所说的万境皆空。无论是被封建礼教束缚的大家闺秀薛宝钗，还是追求心灵解脱，有着叛逆思想的贾宝玉和林黛玉，他们都有一颗禅心。所谓参禅悟道，其实就是一份心境，没有慈悲的含容，没有豁达的胸襟，没有沉静的思想，是无法端坐莲台，看悠悠沧海，造化桑田。一个人，处滔滔浊世，要做到自在圆融，实属不易。许多人，都笑自己，不能轻松地来去，感到惭愧，辜负平生。其实，像六祖慧能和庄子这样淡定超然的境界，是可遇不可求的。只要可以沾染一点，慧能禅意的悟性和庄子淡泊的气息，也算是入境了。

我和苏子，相隔已近千年。他是否也同我这般，时常捧着一本庄子的《南华经》，只是捧着，不读。是否同我一样，买上几册线装书，其实里面空无内容，而自己却无心将它填满。或者他是无意，而我却是胸中并无几多墨水。我总认为这样，就可以不依附文字，和他境界相通。其实我错了，东坡先生的人生意境是一册我无法识别的草书，短短几行，删繁从简，那般轻易，抒尽平生。而我，最多只是几行小楷，自以为可以学得几分清风的飘逸，却在淡淡的月晕下，闪闪摇摇。

一合上眼，就听风雨穿林打叶声，一个风骨俊逸的老者，竹杖芒鞋，在云烟中前行，从容淡定。片刻，风雨就停歇，山头斜阳已相迎。待回首，看来时处，也无风雨也无晴。这一句，将整个词意升华，人生哲理暗藏其间。大自然晴雨转变，季节交替，太过寻常，而世间的风云变幻，荣辱得失又何足挂齿？当一切都看淡放下时，或许人生真的可以无喜无悲，成败两忘。无论苏轼是否做到，至少他的思想已经超然到这样一个空间。这份透彻和淡泊，纵算没有改变自己的命运，却也感化了万千世人的心境。

虽说万物往返交替，只有时间不死。可这世间，总还有什么不会轻易改变，比如那屹立不动的万古青山，比如那不可逆转的滔滔江河。又或许还有一段不曾说出口的诺言，因为没有道出，就可以永远静止，无须兑付。

我曾经拿青春和时间作了一场赌注，到最后，时间如旧，而我血本无归。如今，我已没有足够的筹码，再去参与一次赌局，所以我的人生，也不会再有输赢。我的前世，也许是佛前的一朵青莲，因为没有耐住云台的寂寞，贪恋了一点儿凡尘的烟火。所以，才会有今生，这一场红尘的游历。我用了这么多年的行色匆匆，只换来一次短暂的回首。回首看来处，竟是，也无风雨也无晴，也无前因也无果。

不取封侯 独去作江边渔父

鹊桥仙　陆游

华灯纵博,雕鞍驰射,谁记当年豪举?酒徒一半取封侯,独去作江边渔父。

轻舟八尺,低篷三扇,占断苹洲烟雨。镜湖原自属闲人,又何必官家赐予!

一直以来,都希望在红尘深处,可以找一方净土,诗意地栖居。过上一种安静清宁的生活,淡泊度日,滋养情怀。将一壶茶,从清晨喝到黄昏;一本书,从黑夜读到天明;一张老唱片,从昨天听到今日。总会怀念儿时,坐在老旧的木楼上,看一场远去的雁南飞。坐在柳畔的木舟上,采折一朵长茎的莲蓬。有些时光,过去了,就永不复还,但我们还拥有现在和未来。在浮华中生几许禅意,于喧闹时怀几分淡然,这样,足矣。

从古至今,无论是帝王将相,还是市井布衣,都怀有各自不同的人生态度,接受命运所赐予的不同缘法。有人忙于追逐,哪怕散成凡间的风尘,也誓与世俗魂魄相依,有人安于现状,守住一个宁静的角落,无谓相离相弃。但每个人,又都是矛盾的结合体,将自己抛掷在红尘深彻又浑浊的水中,难以做到圆融通透。所以,会迷惘、会惆怅、会彷徨,也会失落。

初次读陆游这首《鹊桥仙》，只觉世间竟有如此好词，仿佛刹那就叩开了，心中紧闭的重门，让以往的懦弱在片刻间瓦解。只想洒脱地放下牵绊，和陆放翁一起，去江边作闲钓日月的渔父，坐看云起，风月静好。春朝秋夕，此心如镜，看云卷云舒，缘起缘灭，皆自在寻常。那时候，云水只是云水，萍踪还是萍踪，悲无可悲，喜无可喜之时，又何须惧怕万丈红尘？

爱国诗人陆游，一生力主北伐，虽屡受排挤和打击，但爱国之情至死不渝。饱经浮沉忧患，也多次生出闲隐之心，将豪放壮阔的爱国词风，转为清旷淡远的田园之风，同时也渗透太多苍凉人生的感慨。陆游在四十一岁时，买宅于山阴，就是如今的绍兴镜湖之滨、三山之下的西村，次年罢隆兴通判时，闲居于此。西村宅院，临水依山，风景秀丽，他每日以清风、白云为伴，心情也渐渐舒展，暂忘朝廷的倾轧，边塞的战火。每日闲事渔樵，甚至倦于读书写字，只拿垂竿，去江边独钓，所以自号渔隐。

都说放翁身寄湖山，心系河岳，而这一首《鹊桥仙》意境深远，洒脱而超然。虽然他在词的开篇，流露出他对戎马生涯的追忆。"华灯纵博，雕鞍驰射，谁记当年豪举？"那是他生命中刻骨铭心的岁月，所以才会如此的一往情深。他在镜湖边，怀想当年华灯下，和同僚们一起纵情饮酒，赌博取乐，骑上彪悍的骏马，追风逐云，纵横驰骋。只是，这样的豪举，谁还记得？"谁记"二字，道出了淡淡的无奈和遗憾，从华丽转向了落寞。词是从他在南郑幕府生活写起，他初抵南郑时满怀信心地唱道："国家四纪失中原，师出江淮未易吞。会看金鼓从天下，却用关中作本根。"他在军中的生活也极为舒畅，华灯纵博，雕鞍驰射，多少豪情壮举。然而不到一年，朝廷的国策有了转变，雄韬伟略皆成空。

风流云散后，便有了这样的结局："酒徒一半取封侯，独去作江边渔父。"那些终日酣饮取乐的酒肉之徒，碌碌庸庸的人，反倒受赏封侯；而那些满怀壮志，有学识的儒生，霸气凌云，但求马革裹尸的英雄，却被迫投闲置散，放逐田园，作了江边的渔父。也许那些酒肉之徒，懂得见风使舵，而英雄多傲骨，不屑于奉迎攀贵，所以有了两种不同的结果和宿命。一个"独"字，写尽了太多的人生况味。我们甚至看到陆放翁掉头决然而去的傲然，好吧，你们这些酒徒，去封侯拜相吧，我不屑，我只独去，作江边孤舟蓑笠的渔翁，去朝觐绿水青山、清风斜阳。

他确实来到镜湖之滨，作了不问世事的渔父，"轻舟八尺，低蓬三扇，占断苹洲烟雨。"在轻舟上，看湖光万顷，烟水苍茫，表达一种疏旷而清远的山水境界。"占断"二字，写得坚决而豪迈，此身寄予镜湖，不受任何俗事干扰。所以他才会骄傲潇洒地说："镜湖原自属闲人，又何必官家赐予。"是啊，这镜湖风月，源于天然，本就属于江湖闲散之人，又何须，你官家来赐予，来打扰我的平静。唐代诗人贺知章老去还乡，玄宗曾诏赐镜湖一曲以示矜恤。而陆游就借这个故事，来表达他心中愤然与不屑的情怀。既然皇帝要将我闲置，那百官之中没有我一席之位，我放逐江边，作个渔翁，不需要你们批准，也与你们再无瓜葛。

陆放翁就是这样，在穷途末路的时候，寻找到自己的海阔天空。这世间的欲求总是太满，只是再满的欲求也不能填补虚空。因为，欲求本身就是一种空芜，你追求的时候，它突然消失，你淡然的时候，却已经拥有。这首词，写出他笑傲人世，不为所缚的放达，意境深远，读来荡气回肠。

之后，陆游还写了一首以渔父自称的《鹊桥仙》。

一竿风月，一蓑烟雨，家在钓台西住。卖鱼生怕近城门，况肯到红尘深处？潮生理棹，潮平系缆，潮落浩歌归去。时人错把比严光，我自是无名渔父。

这首词写出渔父悠闲淡定的生活和心情，虽不及那首词意境高旷，却比那首词更平和。看得出，他已经全然将自己看作是一个江边渔父，一竿风月，一蓑烟雨，他连卖鱼都避开市场，又怎会去红尘追逐虚浮的名利？潮起打渔，潮落归家，一壶老酒，一肩烟霞，他比独自披羊裘钓于浙江的富春江上的严光还要淡然。严光披羊裘垂钓，可见他还有求名之心，而放翁，只想做江边一个无名的渔父，无来无往。

可他真的做到了吗？直到死前，还忘不了中原的平定、河山的收复。一个人，被别人剖释，是悲哀；被自己剖释，是充实。无论他是否做到，至少他曾经做过，在如镜的平湖里，我们还能看到他的影子。他说，我自是无名渔父，可我们都知道他的名字，叫陆游。

茅檐低小 溪上青青草

清平乐 村居 辛弃疾

茅檐低小,
溪上青青草。
醉里吴音相媚好,
白发谁家翁媪?
大儿锄豆溪东,
中儿正织鸡笼。
最喜小儿无赖,
溪头卧剥莲蓬。

在这个物欲纷扰的红尘里,似乎许多人,都想要放下一切世俗的负累,做一个简单、清淡的人。向往一种返璞归真的生活,和青山碧水为伴,和明月清风为邻。所以,他们都选择去旅游,去探访遥远的古村山寨,寻找人间最后的一方净土。只有这样,才可以缓解内心的压力,暂时忘记俗尘的琐事。可是要彻底地抛开一切,住进世外桃源,过一种清苦的生活,又难以有人可以做到。所谓人生无处不红尘,每个人,在自己的心里建一座桃源,疲累的时候,住进去;歇够了,再出来,好好享受凡尘的烟火。

遁世闲隐,在古代文人中,似乎是一种时尚的追求。大凡退隐山林的隐者,多为避世,或仕途不顺,或朝廷纷乱,他们得不到君王的赏识,空有壮志雄心,满腹才学不得舒展。感叹世无知音,心灰意冷之后,便选择隐逸生活。所以,许多隐士,都有着不为人知的无奈,很多人心中并未完全放下,几度归隐,又几度出仕,在矛盾中度过一生。

相思莫相负

二一〇

　　发誓不食周黍，最终饿死首阳山的伯夷叔齐。魏晋时期，著名的竹林七贤，因为对司马氏集团均持不合作态度，不能直抒胸臆，便隐居竹林，以清谈、饮酒、佯狂等形式来排遣苦闷的心情。还有淡泊名利、清净无为的庄子；功成身退、泛舟五湖的范蠡；不事王侯、耕钓富春山的严光；采菊东篱、悠然南山的陶潜；以梅为妻、以鹤为子的林和靖。

　　初次读辛弃疾这篇《清平乐》，觉得眼前，浮现出一幅朴素生动的画，那画面依稀很熟悉，却又好遥远。这幅画，让我想起远去的童年，那段只有在乡村，才能拥有的质朴光阴。也读过不少辛弃疾的词，大多都是慷慨豪迈、气势浩荡的风格，有着卓尔不群的光彩，气冲斗牛的果敢。也因此，跟另一位豪迈的词人苏轼，并称为"苏辛"。但在他晚年闲居的时期，也写了不少田园风光的词，朴素耐读，就如这首《清平乐》，让读者恍如身临其境。

　　这首词是辛弃疾晚年遭受排斥，被迫离开政治舞台，归隐江西上饶，闲居农村时所写。一个叱咤风云的热血男儿，脱下征袍，归居田园，起先心中一直有波澜，无法淡定。"休说鲈鱼堪脍，尽西风，季鹰归未？求田问舍，怕应羞见，刘郎才气。"到后来，他的心，慢慢被山野农村的朴素恬静所感染。他之所以努力抗击金兵，想要收复中原，是因为他爱国，他内心深处向往平和与安定。这首词所描写的平静，是他当时在村庄真实生活的写照。那时候，边疆的战火虽然不曾停息，可是那些远离纷扰的田园，一如既往的安宁。辛弃疾笔下这首词，没有任何的雕饰，也没有粉饰太平之意，而是他让自己彻底地投入了生活，让自己真实地拥有了这段农村时光。

"茅檐低小，溪上青青草。"起句就让我看到，一间矮小的茅屋，被潺潺的溪水环绕，而溪边长满了青草。这样的茅屋里，居住了怎样平凡的人呢？"醉里吴音相媚好，白发谁家翁媪。"就是这么一对白发的老翁老媪，亲热地坐在一起，喝着乡间自酿的米酒，悠闲自得地聊家常。这样平淡无奇的笔墨，却描摹出一幅和谐、亲切、温暖的老年夫妻生活景象。这里的"吴音"，所指吴地的话，江西上饶，在春秋时期属吴国。这样的画面，在普通的农家最平凡不过，可是对于历经宦海浮沉的辛弃疾，却是难能可贵。所以他珍惜这样的生活，将这幅生动的画面描绘在词卷里，当他为国事所累时，就取出来翻读，慰藉心灵的苦闷。

下阕的四句白描，更衬托出这首词的美妙。"大儿锄豆溪东，中儿正织鸡笼。最喜小儿无赖，溪头卧剥莲蓬。"这么通俗的几句话，将丰富的情景跃然于纸上，栩栩如生，可谓是神来之笔，千古一绝。大儿子在豆田里锄草，二儿子年纪尚小，坐在竹椅上，编织鸡笼，而小儿子还不懂世事，调皮地玩耍，卧在溪边剥莲蓬。一个"卧"字，将整个画面，都活跃起来，眼前的小儿，是那么无忧无虑、天真活泼。我们不禁被这样一幅宁静平和的画面，感动得泪眼蒙眬。现实的纷繁，让我们觉得眼前的安适祥和，犹如在梦中。

这首《清平乐》就是一幅白描画，无须水墨的泼洒，朴实简洁的几笔，便意趣盎然，清新夺目。让我想起，在成都修筑草堂的杜工部，他也是为了避乱，长安梦碎，才隐居蜀地，建了草堂，过上一段平实的生活。花径、柴门、水槛、石桥，这么多朴素的风景，足以慰藉那一颗不合时宜的心。竹篱茅舍，打开宽阔的襟怀，庇护万千寒士。他可以教白云垂钓，可以邀梅花对饮，简洁的桌案上，搁浅了一杯老妻温的佳酿。古朴的栏杆边，垂放着他和稚子的钓竿，棋盘上，还有他当年和好友没有下完的一局棋。杜工部的草堂，和辛弃疾居住的溪畔茅屋，多么相似，又是多么让人神往。

也许这个时候的辛弃疾，才找到了最真实的自己。只有这个时候，他才会忘记"横绝六合，扫空万古"的风云霸气，搁下了"道男儿到死心如铁，看试手，补天裂"的壮志豪情。这简单的农庄，就是他的世外桃源，在这里，可以不必知道朝代的更迭，不必在意官场的黑暗，他拥有的，就是和一家人平淡度日的幸福。简单的茅屋，一口水井，一道篱院，几畦菜地，还有几缕打身边游走的白云。

溪水潺潺，绿草青青，那间茅屋，盖在了宋朝一方宁静的田园。而那个叫辛弃疾的老人，将他的老妻和稚子，以及一生的心愿，平静地铺陈在纸上。让我们，在朴素祥和的光阴里，忘记了转换的流年。

图书在版编目（CIP）数据

相思莫相负/白落梅著.—北京：北京联合出版公司，2012.9
ISBN 978-7-5502-1002-8

Ⅰ.①相… Ⅱ.①白… Ⅲ.①宋词—诗歌欣赏 Ⅳ.①I207.23

中国版本图书馆CIP数据核字（2012）第218127号

相思莫相负

出 品 人：王笑东
出版统筹：新华先锋
责任编辑：王　巍
封面设计：孙丽莉
版式设计：李　萌
责任校对：张　聃

北京联合出版公司出版
（北京市西城区德外大街83号楼9层 100088）
北京市兆成印刷有限责任公司印刷　新华书店经销
字数138千字　620毫米×889毫米　1/16　14印张
2012年10月第1版　2012年10月第1次印刷
ISBN 978-7-5502-1002-8
定价：29.80元

未经许可，不得以任何方式复制或抄袭本书部分或全部内容
版权所有，侵权必究
本书若有质量问题，请与本社图书销售中心联系调换
电话：010-88876681　010-88876682